# ऊर्जा

## जीवन, मृत्यु और तक़दीर के बीच

धीरज खड़से

notionpress.com

INDIA · SINGAPORE · MALAYSIA

ISBN
Paperback  979-8-89724-902-2
Hardcase  979-8-89744-889-0

ऊर्जा यह हर रूप में विद्यमान है यदि हम इसे आध्यात्मिक रूप में देखे तो हम इसे चेतना कहते हैं।

ऊर्जा चाहे किसी भी रूप में हो सभी रूपों पर एक सिद्धांत लागू होता है, जो कि सार्वभौमिक है, जो कि यह कहता है कि यह ना तों बनती है और ना तों नष्ट होती है केवल यह अपना रूप बदलती है।

इसे आकार धारण करने के लिये भौतिकता की आवश्यकता होती है, ताकि यह भौतिक जगत में अपना स्थान बना सके।

इस संसार में समस्त प्राणी ऊर्जा के ही विविध रूप हैं, लेकिन इन सब में मनुष्य एक मात्र ऐसा प्राणी है, जो कि अपने भौतिक स्वरूप से परे विचार कर सकता है।

क्योंकि मनुष्य के पास क्षमता है कि वह अन्य प्राणियों की अपेक्षा स्वयं को और भी उन्नत कर सकता है।

लेकिन वह ऐसा कैसे करेगा? क्या ऐसा करने में कोई पार लौकिक शक्ति उसकी सहायता करेगी? यदि ऐसा ही है तो सवाल यह उठता है कि वह पारलौकिक शक्ति सभी मनुष्यों की ऐसा करने में सहायता क्यों नहीं करती? देखा

जाए तो यह बात बिल्कुल भी तर्कसंगत नहीं लगतीं, कि किसी पारलौकिक शक्ति ने किसी विशेष मनुष्य को ही संसार का सारा ज्ञान ऐसे ही दे दिया।

ऐसे अनेक भक्ति के वासनाधीन व्यक्ति हुए हैं, जिन्होंने स्वयं को ईश्वर का दूत कहकर लोगों की अज्ञानता का अनुचित लाभ उठाया है, और महा काव्यों में ऐसे भी उदाहरण मिलते हैं, जिनसे ज्ञात होता है कि कुछ ने तो स्वयं को ईश्वर का रूप बताया है। यदि उनकी बात सत्य मानी जाए तो इसका अर्थ यह होता है कि ईश्वर को इस संसार का मोह सताता रहता है, अतः वह विविध रूप धारण करके अपने संसार की खबर लेता रहता है, तो सवाल यह उठता है कि यह सारी घटनाएं होनी बंद क्यों हुई? ऐसा क्या हो गया कि ईश्वर ने अपने किसी भी दूत को भेजना बंद कर दिया और उसने स्वयं भी इस संसार में आना छोड़ दिया। इन सब से तो यही स्पष्ट होता है कि, यह सारी घटनाएं एक विशिष्ट समय के लिये ही निर्धारित थी। यदि ऐसा ही है तो इसका अर्थ यह होता है कि, अब ईश्वर को अपने बनाए हुए संसार में कोई रुची नहीं रही, महा काव्यों में जिस समय के विषय में वर्णन किया

जाता है, और उस समय में होने वाली जिन घटनाओं का उल्लेख किया जाता है, उन सब के संबंध में यह कही नहीं लिखा है कि, वे सारी घटनाएं सत्य थीं। तो सवाल यह उठता है कि, मनुष्य ने भला क्यों इन सब में वास्तविकता को ढूंढने के व्यर्थ प्रयास किए?

इसका उत्तर यह है कि, इस संसार में कुछ ऐसे व्यक्ति हुए हैं, जो यह नहीं चाहते थे कि, उन्हें मिला ज्ञान सामान्य लोगों तक पहुँचे, ताकी उनकी सत्ता बनी रहे। अतः लोगों ने ऐसे स्वार्थी लोगों में अपने लिये एक सहारे को ढूँढ लिया।

परिणाम स्वरूप लोग अज्ञानता के अंधेरे में खोते चले गए।

महाविद्यालय में ग्रीष्म अवकाश की घोषणा हो चुकी है सभी विद्यार्थी महाविद्यालय के मुख्य द्वार से बाहर निकल रहे हैं।

अजय, नवीन और नीता तीनों एक साथ चलते हुए जा रहे हैं।

अजय- यार छुट्टियाँ हो गई अब बहुत ही बोर लगेगा।

नवीन- क्या बोर लगेगा मैं छुट्टियों में मजे करूंगा।

नीता- सही कहा तुम सारी छुट्टियाँ सो-सोकर बिताओगे।

नवीन- तो इसमें गलत क्या है?

नीता- गलत तो कुछ नहीं, लेकिन तुम्हारी बातों से लगता है कि जैसे तुम्हें साल भर सोने के लिये ही नहीं मिलता होगा।

अजय- हाँ सही कहा क्योंकि सारे साल यह महाविद्यालय से छुट्टी मिलने के बाद घर में झाड़ू बरतन धोना और न जाने क्या-क्या काम करके बिचारा थक जो जाता होगा।

नीता- अरे नहीं अब तो इसको दिन में भी काम करना होगा।

नवीन- देखो अब बहुत हो गया।

नीता और अजय एक साथ तो क्या तुम हमें झाड़ू से मारोगे?

नवीन पहले अजय पर झपटता है उसको देखकर अजय छुड़ाकर भाग जाता है नीता भी मौका देखकर भागने लगतीं है।

अजय घर पहुँचता है घर जाते ही bag उतारकर फेंक देता है।

यह देखकर अनीता अजय पर गुस्सा करने लगतीं है।

अनीता- यह क्या कर रहे हो चीजों को ढंग से रखो।

अजय- हाँ रखता हूँ कहकर bathroom की ओर चला जाता है।

अनीता- अभी कहा कि रखता हूँ और उधर जा रहे हो।

अजय- रुको तो सही मैं जरा हाथ मुंह धो लूँ फिर रखता हूँ।

तभी विजय आता है।

विजय- जल्दी निकल।

अजय college से आया है तो थोड़ा बैठ जा रुक जा।

अनीता- जब उसको लगतीं है तो तुम्हें भी जोर से लगतीं है।

अजय बाहर निकलता है।

अजय - इतनी जल्दी में था लग रहा है कि किसी दौड़ में जाने वाला है।

विजय - हाँ जाने वाला हूँ शाम को football match है, वही जा रहा हूँ।

अनीता - अजय बाहर कपड़े सूख गए होगे निकाल लाओ।

अजय आंगन में जाकर कपड़े निकालने लगता है।

तभी तेज बारिश होने लगतीं है, अजय जल्दी से कपड़े समेट कर घर में आ जाता है।

अजय - अब तो बारिश हो गई है मतलब तुम्हारा football का खेल चौपट हो गया।

विजय - हाँ सोचा था कि छुट्टियाँ होगी तो मजे से अपना football का खेल चलाएँगे।

अजय - निराश क्यों होते हो कोई बात नहीं कल अभ्यास कर लेना, वैसे भी इस बारिश में मुझे नहीं लगता कि कोई आया होगा।

विजय - सही कह रहे हो।

अजय - इस तेज बारिश में पकौड़े खाने का मजा कुछ और ही है माँ पकौड़े बनाओ ना।

अनीता - मैं अब आराम करने जा रही हूँ जाकर खुद ही बना लो।

विजय - चल जा बना और मेरे लिये भी बना।

अजय - क्यों तुझे नहीं आते क्या?

विजय - मुझे केवल पानी उबालना आता है।

अजय- किसी काम का नहीं है।

विजय - बोल तो ऐसे रहा है जैसे खुद को बहुत कुछ आता है।

अजय - और नहीं तो क्या मुझे तो आते हैं।

विजय - तो समय क्यों व्यर्थ कर रहा है? चल जा और बनाना चालू कर।

अजय जाता है और पकौड़े बनाना चालू करता है।

नीता का phone आता है। अजय receive करता है।

नीता - यह क्या कर रहे हो?

अजय - दिख नहीं रहा पकौड़े बना रहा हूँ। अजय बेसन में पानी जादा डालने लगता है।

नीता - अरे यह क्या कर रहे हो इतना पानी मत डालो और नीता उसे सारी विधि बताने लगतीं है।

विजय - क्या बात है आखिर तुमने बना ही लिये।

अजय - जब तुमने नहीं बनाए तो मैं ने सोचा कि चलो मैं ही बना लूँ।

विजय - मैं सोच रहा हूँ कि इस छुट्टी में क्या किया जाए?

अजय - पढ़ाई।

विजय - मैं ने छुट्टियों में क्या किया जाए यह पुछा है ना कि यह कि छुट्टियों के बाद क्या किया जाए।

अजय - मैं कौन सा कह रहा हूँ कि पाठ्यक्रम की ही पढ़ाई की जाए।

विजय - लेकिन मुझे हाथ में पूरे साल भर की तरह किताब लेकर भी नहीं बैठना है।

अजय - कई बार किताबों से हमें कुछ सवालों के जवाब मिल जाते हैं, जिनका जवाब हमें लोगों से पूछने पर भी नहीं मिलता।

विजय - हाँ बात तो सही कह रहे हो।

अजय बरतन लेकर रसोई में चला जाता है हाथ धोकर वह अपने कमरे में चला जाता है।

कमरे में जाकर वह पलंग पर लेट जाता है उसके कमरे में इतनी शांति होती है कि उसे अपने कमरे की दीवार पर टंगी दीवार घड़ी की टिक-टिक की आवाज स्पष्ट सुनाई देती है।

वह उसी दीवार घड़ी की टिक-टिक पर ध्यान लगाने लगता है, ध्यान लगाते-लगाते वह कब गहनता में चला जाता है पता भी नहीं चलता।

वह अपने माथे पर एक अलग ही प्रकार का दबाव अनुभव करता है यह अनुभव उसे एक विचित्र प्रकार का आनंद देता है।

इस अवस्था में उसके मन में विचार आता है कि हम जीवन भर कितनी बातों में उलझ जाते हैं, लेकिन हमारे पास कुछ ऐसा है, जिससे हमें एक अद्भुत आनंद मिलता है, लेकिन क्योंकि हमने बाहर के संसार को सब कुछ मान लिया है तो हम इस वास्तविकता से परिचित ही नहीं हो पाते।

अजय आँखें खोल लेता है।

उसके कमरे में एक table है, जिसपर एक pane है, जिसका रंग नीला है। एक घड़ी है, जो खिड़की के ऊपर टंगी है।

बारिश रुक जाती है।

अभी शाम हो गई है करीब 5 बज गए हैं।

विजय कमरे में आता है।

विजय - चल थोड़ा घूम कर आते हैं।

अजय - कहाँ?

विजय - शाम को जब पिताजी आएँगे तो उनसे कहते हैं कि हम नानी के घर चले जाते हैं।

अजय - हाँ अच्छा है नानी नाना से मिलकर भी हो जाएगा।

विजय - मैं सोच रहा हूं कि एक नया mobile ले लूं।

अजय - पैसे हैं क्या?

विजय - है तो नहीं लेकिन कहीं पर part time job कर लूंगा तो शायद कुछ पैसे बन जाए।

अजय - सोच तो अच्छी है लेकिन करोगे क्या?

विजय - वहीं सोच रहा हूं।

अजय - मुझे लगता है तुम्हें online writing skills का इस्तेमाल करना चाहिये।

विजय - मतलब?

अजय blogs लिखो लोगों को तुम्हारे blogs पसंद आएँगे तो हो सकता है कि उससे भी कुछ कमाई हो जाए।

विजय - सोच तो अच्छी है देखते हैं।

विजय कमरे से बाहर जाता है।

शाम के आठ बज जाते हैं।

राकेश घर आता है वह गुसलख़ाने में जाकर मुंह धोता है।

विजय को अपने कमरे में जाते देखकर राकेश पूछता है- इस बार तुम दोनों अपनी नानी के घर क्यों नहीं चले जाते? विजय- हाँ पिताजी मैं भी यही सोच रहा था।

राकेश - इस में सोचना क्या छुट्टियाँ लगी हैं घर में बोर होने से अच्छा है कि थोड़ा हवा पानी बदल लिया जाए।

राकेश मुंह पोंछता है और अनीता को चाय के लिये कहता है। और dining table पर बैठ जाता है।

अनीता चाय लाते हुए कहती है- कब निकल रहे हैं यह दोनों?

राकेश - यह तो इन दोनों से ही पूँछों।

दरवाजे पर दस्तक होती है।

अनीता दरवाजा खोलती है सुशीला वंदन करती है, सुशीला को नए कपड़ो में देखकर अनीता पूछती है- क्या बात है आज तो नए कपड़े पहने हैं।

सुशीला - आज मेरा जन्मदिन है, विजय कहा है? अनीता विजय को आवाज देती है, विजय! विजय! विजय दौड़ता हुआ आता है।

विजय - कैसी हो सुशीला?

अनीता - आज इसका जन्मदिन है।

विजय - जन्मदिन की बहुत-बहुत शुभ कामनाएं।

अनीता बस ऐसे ही।

विजय अनीता की तरफ देखता है।

अनीता - ठीक है यह थोड़ी देर में आ जाएगा।

सुशीला चली जाती है।

अनीता कुछ पैसे लाकर विजय को देती है।

अनीता - कोई अच्छा सा उपहार लेना।

विजय पैसे लेकर चला जाता है। वह एक दुकान पर पहुँचता है। वहाँ एक-एक करके अनेक वस्तुओं को देखने लगता है। वस्तुओं को एक-एक करके देखते हुए दुकानदार पुछ लेता है कि क्या चाहिये साहब

विजय - कुछ ऐसा दो जो जन्मदिन के उपहार के लिये अच्छा लगे।

दुकानदार - जन्मदिन क्या लड़की का है? विजय- हाँ उसी का है।

दुकानदार - एक दर्पण निकालकर- यह ले जाओ साहब यह उनको बहुत पसंद आएगा।

विजय - यह सच में उसको बहुत पसंद आएगा इसे तैयार कर दीजिए। दुकानदार देयक [bill] बनाकर विजय को देता है विजय देयक चुका देता है।

विजय सुशीला के घर पहुँचता है सुशीला दरवाजा खोलती है अंदर लगभग 8 लोग हैं, जो सुशीला के महाविद्यालय के सहपाठी या उसके महाविद्यालय में पढ़ने वाले हैं।

कमरे के बीच एक मेज है, जिसपर तश्तरी में सजा हुआ cake है, जिसके चारों ओर 22 मोमबत्तियाँ है, क्योंकि सुशीला आज 22 साल की हो गई है।

विजय सोफे पर बैठ जाता है।

विजय - तुमने अभी तक cake नहीं कांटा?

सुशीला - क्योंकि तुम नहीं आए थे।

विजय - बापरे मेरी वजह से इतने लोगों को भूखा रहना पड़ा।

सुशीला को संबोधित करते हुए एक लड़का कहता है, चलो अब तो विजय भी आ गया अब cake काट लिया जाए। विजय- हाँ काट लो। तश्तरी में सजे cake के चारों ओर मोमबत्तियों को सुशीला बुझाती है, और इसी के साथ सभी सुशीला को जन्मदिन का बधाई गीत गाते हुए उसे शुभ कामनाएं देते हैं सुशीला cake काटकर सभी को खिलाती है।

अजय को गाड़ी चलाते हुए ऐसे लगता है कि कोई उसे आवाज दे रहा है वह हल्की सी नींद जैसी अवस्था में चला जाता है, गाड़ी सामने वाली गाड़ी से टकराने ही वाली होती है कि अजय सचेत हो जाता है।

राकेश पिछली कुरसी पर बैठा है।

राकेश - क्या हुआ ध्यान से गाड़ी चलाओ, अभी तुम ठोक देते।

अजय - क्षमा चाहता हूँ पिताजी पता नहीं क्या हुआ था मैं अब ध्यान से चलाऊंगा।

राकेश - ठीक है।

थोड़ी देर बाद एक दुकान के सामने राकेश गाड़ी रोकने के लिये कहता है, अजय गाड़ी रोक देता है राकेश दरवाजा खोलकर बाहर निकलता है।

अजय गाड़ी में ही बैठा है वह मन बहलाने के लिये गाने चलाने लगता है। लगभग पाँच minute हो जाते हैं अजय फिर से निंद जैसी अवस्था में चला जाता है फिर उसे लगता है कि कोई उसे आवाज दे रहा है लेकिन यह आवाज बिल्कुल उसी की है। वह जैसे सामने की ओर खिंचा जा रहा है।

गाड़ी की खिड़की पर खटखटाने की आवाज से उसकी निंद खुल जाती है वह देखता है कि राकेश खिड़की पर खटका रहा है। अजय दरवाजा खोलता है।

राकेश - सो गए थे क्या?

अजय - नहीं बस ऐसे ही। अजय गाड़ी चालू करता है।

विजय अजय से - क्या हो गया तुम चिंतित दिख रहे हो कोई बात है क्या?

अजय - पता नहीं क्यों लेकिन आज जब मैं गाड़ी चला रहा था तो मुझे कुछ झपकी जैसी आ रही थी।

विजय - हो सकता है कि शायद तुम्हारी निंद पुरी न होने के कारण ऐसा हुआ होगा।

अजय - हो सकता है खैर जाने दो। दोनों रात को टहलने निकले थे रास्ते में एक भिखारी दिखता है वह भिखारी उन्हें रोज उनके घर से थोड़ी दूर एक बिजली के खंबे के पास दिखता है अजय अपनी जेब से कुछ पैसे निकाल कर कभी-कभी दे-देता है।

दोनों घर में पहुँच जाते हैं, रात के ग्यारह बजे हैं अजय सोने की कोशिश कर रहा है लेकिन उसे निंद नहीं आ रही है। थोड़ी देर बाद अजय को उबासी आने लगती है और फिर उसे निंद आ जाती है।

दूसरे दिन अजय की निंद खुलती है वह न जाने क्यों अपने आप में कुछ अलग ही अनुभव करता है वह बिस्तर पर बैठ जाता है अनीता कमरे में आती है।

अनीता - आज काम पर नहीं जा रहे क्या?

अजय चौक जाता है वह सोचता है कि मैं कब से व्यवसाय कर रहा हूँ?

अजय - काम पर?

अनीता - हां काम पर और तुम चौंक क्यों रहे हो?

अजय की दृष्टि उसके table पर रखे pen पर पड़ती है वह नीला नहीं बल्कि लाल था और दीवार घड़ी उसके कमरे के खिड़की के ऊपर नहीं बल्कि दरवाजे की बाजू वाली दीवार पर टंगी थी यह सारी बातें अजय को चकित कर देती है। कुछ सोचकर।

अजय - हाँ जा रहा हूँ आज मैं थोड़ी देर में जाऊंगा।

अनीता - ठीक है जल्दी तैयार होकर नाश्ता कर लो।

अनीता चली जाती है।

अजय बिस्तर पर बैठकर आँखें बंद कर के कुछ सोचने लगता है, उसके मन में वे स्मृतिया घूमने लगती है, जिनका संबंध उसकी कल्पनाओं से दूर-दूर तक नहीं था।

वह एक software developer company में एक product tester की तरह काम कर रहा है वह भी दो सालों से, जबकि उसके अनुसार वह महाविद्यालय में स्नातक का दुसरा वर्ष ही पूरा कर रहा है, लेकिन उसकी स्मृति के अनुसार वह दो वर्षों से व्यवसाय कर रहा है,

क्योंकि कि वह संगणक की सांकेतिक भाषा [computer coding] को समझता है इस लिये उसने दो वर्षों पहले ही व्यवसाय के लिये प्रयास करना आरंभ कर दिया था, लेकिन क्योंकि जिस संस्था में वह काम कर रहा है, वहाँ संगणक अभियंता [software developer] के लिये रिक्ति नहीं थी इस लिये उसने वहाँ परीक्षक [tester] का काम करना स्वीकार किया।

उसे एक phone आता है वह receiver उठाता है display पर नवीन का नाम लिखा है।

अजय - बोलो नवीन।

नवीन - तुम आ रहे हो या नहीं?

अजय - हाँ आता हूँ थोड़ी देर में आता हूँ।

इतना कहकर अजय phone रख देता है और वह नाश्ता करने के लिये चला जाता है।

अनीता - तो तुम और विजय कल नाना के घर जाने के लिये पिता जी से बात कर रहे थे।

अजय - हाँ जाएंगे, लेकिन विजय कहा है?

अनीता - वह नहाने गया है अभी आता होगा वैसे तुमने छुट्टी ली या नहीं?

अजय - नहीं अभी तक नहीं ली आज ले लूंगा।

नाश्ता खतम कर के वह अपने office के लिये कपड़े पहन लेता है।

अनीता - अजय तुम खाना कार्यालय में ही खाओगे या मैं तुम्हें डब्बा बना कर दूँ?

अजय - नहीं डब्बा बनाकर दे दो।

विजय नहाकर बाहर आता है।

विजय - आज छुट्टी ले लेना।

अजय - हाँ ठीक है।

अजय समझ नहीं पा रहा था कि उसके जीवन में इतना कुछ बदलाव कैसे आ गया? लेकिन वह इन सब के बारे में किससे पूछे उसे समझ नहीं आ रहा था।

वह घर से निकलता है कार्यालय जाते समय वह उसी मार्ग से निकलता है जहाँ वह भिखारी बैठा है। भिखारी अजय

को देखकर ऐसे संबोधित करता है जैसे वह उसे बहुत अच्छे तरीके से जानता है। अजय चौक कर देखता है वह भिखारी से पुछता है कैसे हो आप?

भिखारी - मैं तो ठीक हूँ लेकिन तुम ठीक नहीं लग रहे क्या परेशानी है?

अजय - क्या बताऊं जो कहूँगा उस पर कोई विश्वास नहीं करेगा तो बताकर क्या फायदा।

भिखारी - इस संसार में कुछ भी घट सकता है यह ब्रह्मांड अनिश्चितताओं से भरा है, जो हम कल्पना भी नहीं कर सकते वह कब यथार्थ बनकर घटित हो जाए कुछ कहाँ नहीं जा सकता तो तुम निश्चिंत होकर मुझसे अपनी बात कह सकते हो।

अजय - बाबा मुझे लगता है कि मैं जो हूँ वह मैं नहीं हूँ।

भिखारी - तो तुम्हें बिल्कुल सही लगता है क्योंकि तुम जो हो वह तुम नहीं हो तुम कुछ और हो लेकिन अभी कुछ और हो गए हो।

अजय - क्या आप मेरी बात का मतलब समझें?

भिखारी - हाँ मैं सब कुछ समझ गया। तुम बस इस भूमिका को निभाओ।

अजय - कब तक?

भिखारी - जबतक समाधान नहीं मिलता तब तक।

अजय कार्यालय पहुँचता है, प्रथम द्वार पर नीता खड़ी है, अजय सोचता है कि क्या नीता यहाँ काम करती है क्या वह यहाँ मेरी सह-कर्मी है? इतना कुछ अजय सोच ही रहा था कि नीता कहती है कि इतनी देर कर दी चलो जल्दी।

अजय नीता के साथ अपने कक्ष-cabin में पहुँचता है।

नीता अजय के पास वाली कुर्सी पर बैठ जाती है। वह laptop पकड़ता है उसके मन में आता है कि वह browser open करता है अपने आप ही उसके मन में एक URL आता है वह उस URL को type करता है login पृष्ठ पर वह सारे प्रत्यायक-credential डालता है वहाँ उसे new product मिलता है उसे वह open करता है एक product में वह snake-bar देखता है वह नीता से कहता है कि पता नहीं क्यों ये developers snake-bar का विकल्प डालते ही क्यों हैं अगर कोई विकल्प या सूचना देनी ही है तो उसे सूचना फलक-notification में दे सकते हैं।

नीता भी अजय के मत से सहमती जताते हुए कहती है हाँ।

दोपहर को दोनों खाना खाने चले जाते हैं अजय- वैसे नवीन क्या कर रहा होगा? नीता अजय को अचरज भरी दृष्टि से देखती है, नीता को इस तरह अपनी ओर देखते हुए अजय सोचता है कि कही नीता यह तो नहीं सोच रही कि मैं भुलक्कड़ हो गया हूँ? नीता के कुछ पुछने से पहले अजय अपने मस्तिष्क पर जोर डालता है और सोचता है कि नवीन के विषय में उसके मस्तिष्क में क्या-क्या स्मृति हैं? तभी अचानक उसके मुंह से निकलता है कि अरे हाँ मैं तो उससे पुछना ही भूल गया कि वह स्नातकोत्तर-post-graduation में कौन सा विषय लेगा?

वैसे धन्यवाद तुमने कल मुझे पकोड़े बनाने की विधि बताई।

नीता - नहीं मैंने तुम्हें कल पकोड़े की नहीं बल्कि समोसे बनाने की विधि बताई थी।

अजय - अरे हाँ मैं भूल गया था।

खाना खाकर अजय और नीता के साथ अपने कक्ष में चला जाता है।

अजय संगणक computer पर छुट्टी के लिये एक प्रेषण mail लिखता है, और अपने प्रबंधक को भेज देता है।

शाम को अजय जल्दी निकलकर घर चला जाता है और अपने दूरभाष mobile में नवीन का संपर्क देखता है और उसे call करता है।

नवीन - कैसे हो?

अजय - मैं तो अच्छा हूँ तुम कैसे हो?

नवीन - कुछ नहीं बस स्नातकोत्तर परीक्षाएं देने के बाद क्या किया जाए सोच रहा हूँ?

अजय - करना क्या है जो तुम्हें अच्छा लगे वो काम करो।

नवीन - तुम कितनी आसानी से अपनी बात कह देते हो।

अजय - अच्छा मैं तुमसे बाद में बात करता हूँ, नवीन- ठीक है। अजय अपने दराज में देखता है उसे एक दैनंदिनी मिलती है उसे वह पढ़ता है [diary] दैनंदिनी के शब्द

[मैं आज एक प्रयोग करने जा रहा हूँ, मैंने पढ़ा कि है कि हम जिस तरह इस भौतिक संसार में रह रहे हैं उसी तरह हमारे कई रूप अन्य ब्रह्मांडों में भी विद्यमान हैं। इसके लिये मैं अपने अंदर की उस ऊर्जा को सक्रिय करने जा रहा हूँ, जो मेरे अंदर मेरी कल्पना को यथावत सत्य करने में मेरी सहायता करेगी।

मैं हर जाती हुई श्वास के साथ यह कल्पना कर रहा हूँ कि मेरी पीठ में रीढ़ के नीचे सुप्त ऊर्जा सक्रिय हो रही है, और कभी मैं दिये पर अपनी दोनों आँखें गढ़ाकर अपनी सारी ऊर्जा ऊपर की ओर केंद्रित करता हूँ ताकि मुझ में विद्यमान सुप्त ऊर्जा शीघ्र सक्रिय हो जाए।]

दरवाजे पर दस्तक होती है। विजय- चलो निकलते हैं। अजय- हाँ चलते हैं।

दोनों गाँव पहुँचते हैं, रेखा- कैसे हो बेटा? विजय - हम तो अच्छे हैं नानी नाना किधर हैं? प्रवीण - मैं तो मस्त हूँ बेटा बहुत दिन हो गए तुम आते भी नहीं और न कोई phone करता है। अजय- अब इन सब की क्या आवश्यकता है। हम तो आ गए ना नाना जी।

प्रवीण - वैसे कैसी है तुम्हारी माँ? विजय-अच्छी है। रेखा-दामाद जी कैसे हैं? अजय - वे भी अच्छे हैं नानी।

अजय और विजय दोनों हाथ मुंह धोने चले जाते हैं। प्रवीण-मैं खेत जा रहा हूँ तुम दोनों को खाना दे देना। रेखा- हाँ ठीक है। विजय- सुशिला कैसी है नानी? रेखा- वह तो अच्छी है। विजय- वैसे क्या कर रही है वह आजकल? रेखा- कुछ नहीं पढ़ाई कर के बैठी है घर में पुछती रहती है कि विजय कब आएगा मैं कहती हूँ उसका तो कोई पता नहीं शायद जब पढ़ाई खतम होगी तभी आएगा। विजय- बस नानी मेरी पढ़ाई खतम होने ही वाली है सोच रहा हूँ कि अब कोई काम के लिये ढूंढना चालू कर दूँ। रेखा- हाँ बेटा पैसे कमाने के लिये कुछ तो होना ही चाहिये, मैं तो बाते ही करती रह गई तुम्हें भूख लगी होगी मैं खाना लेकर आती हूँ।

अजय हाथ मुंह धोकर दैनंदिनी पढ़ने बैठ जाता है।

[मैंने कई मुनियों के बारे में पढ़ा है उनके पास असाधारण क्षमता होती थी, जिसके बल पर वे कुछ भी कर सकते थे, मैंने यह विचार किया कि वे भी हमारी तरह एक मनुष्य थे तो जब उनके पास वे सारी शक्तियां हो सकती थीं तो

किसी अन्य साधारण मनुष्य के पास वे सारी शक्तियां क्यों नहीं हो सकती? हाँ उन शक्तियों को प्राप्त करने के लिये कुछ प्रयास करने पड़ेंगे।

मैंने कही पढ़ा था कि मनुष्य में वे सारे साधन विद्यमान हैं, जिनको विकसित कर के वह साधारण से असाधारण बन सकता है।]

अजय को किसी के आने की आहट होती है वह दैनंदिनी में जहाँ तक पढ़ा था वहाँ एक धागा डालकर जल्दी से थैले में रख देता है।

रेखा- बेटा चलो खाना खा लो। अजय - हाँ नानी मैं अभी आया।

रेखा वहाँ से चली जाती है। अजय कमरे से बाहर निकलकर बाहर आंगन में हौद में हाथ मुंह धोने चला जाता है। विजय- खाने के बाद दोनों थोड़ा घूमकर आते हैं। अजय - हाँ मैं भी सोच रहा था कि जब यहाँ आ ही गए हैं तो बदले हुए हवा पानी का आनन्द ले लिया जाए। विजय - चलो खाना खा ले।

प्रवीण tractor लेकर घर की ओर जा रहा था तभी रास्ते में गाँव के भिक्षु मिलते हैं प्रवीण उन्हें देखकर वंदन करता है, भिक्षु- कैसे हो? प्रवीण- अच्छा हूँ भंते। भिक्षु- वे जो तुम्हारे घर में आए हैं। प्रवीण- वे मेरे पोते हैं भंते। भिक्षु विहार की ओर चल देते हैं।

प्रवीण घर पहुँचता है। प्रवीण रेखा से - चंद्र-मणि भनते मिले थे रेखा- क्या कह रहे थे? प्रवीण - अजय और विजय के बारे में पूछ रहे थे। अजय - मैं सोच रहा था कि शाम को थोड़ा विहार हो आते हैं। प्रवीण - अच्छी बात है वे भी तुमसे बहुत दिनों से मिले नहीं उनसे मिलना भी हो जाएगा। विजय - मैं सुशिला से मिलकर आता हूँ। रेखा- अच्छी बात है वह भी तुम्हें याद करती रहती है।

शाम को चंद्र-मणि भनते के विहार में लोग उनका प्रवचन सुन रहे हैं, चंद्र-मणि भनते - हम जबतक अपने आप में छिपे ज्ञान को नहीं प्राप्त कर लेते तब तक हम केवल सांसारिक वस्तुओं में ही सुख ढूंढते रहते हैं, लेकिन जब हमें यह ज्ञात हो जाता है कि हम केवल कोई भौतिक वस्तु नहीं हैं तो हमें इन सांसारिक वस्तुओं से वैराग्य हो जाता है।

क्योंकि हम तब उस अमूल्य ज्ञान को प्राप्त करने के लिये जुट जाते हैं। भनते चंद्र-मणि प्रवचन को विराम देते हैं अजय - क्या हम केवल भौतिक वस्तु नहीं हैं? भनते चंद्र-मणि - नहीं हम केवल भौतिक वस्तु नहीं हैं क्योंकि हम कल्पना कर सकते हैं। अजय - कल्पनाओं का भौतिक न होने से क्या संबंध हैं? भनते चंद्र-मणि- बहुत गहरा संबंध है, क्योंकि तुम चाहे तो विज्ञान का इतिहास पढ़ लो तुम्हें समझ में आएगा कि कुछ आविष्कार कल्पनाओं के बल पर हुए हैं या यह कहाँ जाए कि लगभग सारे आविष्कार कल्पनाओं के बल पर ही हुए हैं। अजय- यह कल्पनाएं हमारे मन में आती कहा से हैं? भनते चंद्र-मणि यही तो मैं तुम से पूछ रहा हूँ। अच्छा चलो यह बताओ कि जब कभी हम कुछ पक्के मन से चाहते हैं तो वह मिल जाता है, या यह कहा जाए कि उसके मिलने से पहले हमारे मन में केवल उसकी कल्पना आती है और बाद में वह हमें मिल जाती है। अजय - मैं समझा नहीं। भनते चंद्र-मणि- समझ लो तुम चाहते हो कि आज तुम्हारी नानी खाने में बैंगन की सब्जी बनाए और घर जाने पर वह बन जाती है, तो यह बताओ कि तुमने चहा इस लिये वह सब्जी बनी या उस सब्जी के बनने का पूर्वाभास हुआ? अजय - दोनों ही

परिस्थितियाँ चकित कर देने वाली हैं। भनते चंद्र-मणि- इतना ही नहीं क्या कभी सोचा है कि तुम जब सोते हो तुम्हारी निंद सात घंटे की होती है, लेकिन तुम जो सपना देखते हो वह अधिक से अधिक बीस मिनट का होता है, बताओ यह कैसे होता है? अजय- तो क्या उस समय के गति में परिवर्तन आ जाता है? भनते चंद्र-मणि मुसकुराते हैं और कहते हैं- नहीं यह कैसे हो सकता है समय तो सदैव अपनी निर्धारित गति से ही चलता है। अजय- बहुत से लोग यह भी कहते हैं कि हम उस समय किसी दूसरे लोक में चले जाते हैं। भनते चंद्र-मणि- यही सच है। अजय - यह आप इतने विश्वास से कैसे कह सकते हैं। भनते चंद्र-मणि- अच्छा जरा यह सोचो कि तुम एक वाहन में बैठे हो और वह वाहन लगभग 500 की गति से चल रहा है और तुम्हें कही जाने में चार घंटे लगते हैं, लेकिन, तुम्हारी जगह कोई और उस वाहन में बैठा हो और तुम उस व्यक्ति की प्रतीक्षा कर रहे हो अब मुझे बताओ कि किस परिस्थिति में तुम्हें समय का अंतराल अधिक लगा? अजय- जब मैं उस वाहन में बैठे व्यक्ति की प्रतीक्षा कर रहा था। भनते चंद्र-मणि- सही कहा क्योंकि वेग बढ़ जाने से वाहन में समय का अंतराल कम हो गया।

अजय - तो मैं सही हूँ मतलब सपने देखते समय हम किसी और लोक में होते हैं।

भनते चंद्र-मणि- यदि इतना कुछ सुनने के बाद तुम्हें लगता है तो इस का निर्णय तुम अपने विवेक से कर सकते हो वैसे मैं तुम्हारी मदत कर सकता हूँ। अजय- कैसी सहायता? भनते चंद्र-मणि- उसी संबंध में जिस विषय को लेकर तुम परेशान हो। तुम मुझे कल प्रातः चार बजे के आस पास मिलना, सब बता दूंगा।

अजय घर जाता है देखता है कि रेखा ने बैंगन की सब्जी बनाई है उसे भनते चंद्र-मणि की बात याद आती है वह सोचता है कि क्या यह केवल सहयोग है या भनते ने मुझे अपने ज्ञान का परिचय देने के लिये ऐसा कहाँ था? निःसंदेह यह उन्होंने अपने ज्ञान का परिचय देने के लिये ही ऐसा कहाँ होगा।

सुबह होती है लगभग चार बजे है, अजय को मुर्गे के बाघ लगाने की आवाज आती है अजय उठ जाता है और चुपके से जाकर हौद में हाथ मुंह धो लेता है। विहार में भनते चंद्र-मणि अजय की प्रतीक्षा कर रहे हैं। भनते चंद्र-मणि ौ देखकर अजय उन्हें वंदन करता है।

भनते चंद्र-मणि- आओ पहले वंदना कर लो। भनते चंद्र-मणि अजय के लिये आसन बिछाते हैं अजय बैठकर हाथ जोड़ लेता है और वंदना चालू करता है। वंदना हो जाने के बाद अजय बैठ जाता है। भनते चंद्र-मणि- क्या तुमने सोचा है कि जो तुमने किया भी नहीं है फिर भी तुम्हें वह सब कैसे पता है? अजय - नहीं। भनते चंद्र-मणि- हमारी दो तरह की स्मृति होती हैं, एक हमारे मस्तिष्क की स्मृति, जो हमारे दैनिक बातों को और उन बातों को संग्रहित करती है, जो हमें कुछ सीखने के लिये आवश्यक होती हैं। और दूसरी वह स्मृति, जो हमारे चित्त के साथ जुड़ी होती है, इस स्मृति के साथ जुड़ी बातें या तो नष्ट नहीं होती या बहुत धिरे-धिरे नष्ट होती हैं, जैसे व्यवहार या कोई उद्देश्य, तुम जैसे अपने संगणक-computer में केवल वही जानकारी संग्रहित कर के रखते हो, जो तुम्हें लगता है कि यह नित्य काम आने वाला है और बाकी ((आकाश मंजूषा-online cloud) में रख देते हो क्यों कि वह बहुत महत्वपूर्ण है और यह समय पड़ने पर कभी भी काम आ सकता है। अजय- आपके अनुसार वह आकाश मंजूषा क्या है? भनते चंद्र-मणि- दरअसल यह ब्रह्मांड ही वह आकाश मंजूषा है, जो कि अपने (परिमाण ब्रह्मांड-

quantum-universe) में संग्रहित कर के रखता है। यहाँ इस सामान्य ब्रह्मांड के सिद्धांत नहीं चलते।

अजय - तो आपका कहना है कि मेरी स्मृति भी परिमाण ब्रह्मांड में संरक्षित होगी। भनते चंद्र-मणि- हाँ बिल्कुल सही, जब कभी भी चित्त को लगता है कि वह किसी गलत अवस्था में है तो प्रस्तुत ब्रह्मांड के दूसरे आयाम, जिसे परिमाण ब्रह्मांड कहते हैं, वहां से चित्त अपनी काम की चीज ले लेता है, जब तुम्हारे चित्त ने यह अनुभव किया कि जिस परिवेश में तुम रह रहे हो वह तुम्हारा नहीं है तो इस बात को समझते हुए तुम्हारे चित्त ने वह सारी जानकारी ले ली, जो इस शरीर में रहने वाले चित्त की है। अजय- लेकिन यह, सब संभव कैसे हो सकता है? भनते चंद्र-मणि एक दिया जलाते हैं, और दीवारों की तरफ इशारा करते हुए कहते हैं देखो अजय यह दिया तो एक ही है, इस दिये की जोत भी एक ही है, लेकिन देखो तो जरा इसके प्रकाश का प्रतिबिंब अलग-अलग है हमारा चित्त भी बिल्कुल ऐसे ही है, यह एक ऊर्जा है जिसका स्वभाव हर ब्रह्मांड में अलग-अलग है। अगर मैं किसी पात्र में जल लेकर इन भित्तियों पर फेंकूंगा और वह जल शीतल है तो सभी भित्तियों पर

शीतल जल ही जाएगा न की गरम, लेकिन प्रकाश के साथ ऐसा नहीं है, वह पुरी तरह से स्वतंत्र है वह किसी भित्त पर जाते ही स्वरूप बदल लेता है। ऊर्जा भी ऐसे ही है उसका स्वरूप बदल जाता है।

अपने प्रवचन को विराम देते हुए भनते चंद्र-मणि कहते हैं, आज के लिये इतना ही बहुत है। अजय घर जाकर देखता है घड़ी में केवल पाँच बजे हैं, वह बिस्तर पर जाकर लेट जाता है, साढ़े पाँच बजे बाकी लोग भी जग जाते हैं और अपनी दिन चर्या में लग जाते हैं।

अजय - नाना जी यहाँ कोई मुर्गा है क्या? प्रवीण - नहीं तो क्यों पूछ रहे हो? अजय- सुबह चार बजे के आस पास मुझे मुर्गे की आवाज आई थी। प्रवीण - पता नहीं बेटा हो सकता है कहीं भटकते हुए आ गया हो, लेकिन इतने सालों से मैंने तो किसी मुर्गे की आवाज नहीं सुनी यदि होता तो हम भी जल्दी जग जाते।

अजय देखता है कि उसके पास छुट्टी के केवल 9 और दिन बचे हैं। अजय को नीता का phone आता है। अजय - कैसी हो? नीता - मैं तो अच्छी हूँ तुम्हारी छुट्टी कैसी कट रही है? अजय - बस मजे कर रहा हूँ। नीता - अच्छा है

अकेले ही चले गए मुझे तो पुछा भी नहीं। अजय-पुछता लेकिन मैंने सोचा कि तुम्हारा काम न रुक जाए।

नीता - हां जैसे यह company मेरे बिना चल ही नहीं सकती इस लिये तुमने पुछना जरूरी नहीं समझा। अजय- ठीक है क्षमा करो मानता हूँ कि गलती हो गई। नीता - तो गलती सुधारने के लिये क्या करोगे? अजय - आने पर तुम्हें तुम्हारी मन पसंद जगह पर लेकर चलूंगा।

नीता - पक्का न। अजय- हां पक्का। नीता- तो फिर तय रहा भूलना मत। अजय- नहीं, नहीं भूलूंगा।

विजय समाचार पत्र में पढ़ रहा था कि एक सात साल के छोटे बच्चे ने दावा किया है कि वह पिछले जनम में एक नामी संगीतकार हुआ करता था, यह बच्चा कहता है कि वह इन्दोर में रहता था वहां वह एक परिवार में रहता था तब उसका नाम महेश हुआ करता था उस बच्चे के बताए गए पते पर जाँच करता पहुँचे तो पता चला कि उनके परिवार में लगभग साठ साल पहले उनके परिवार में महेश नाम का व्यक्ति रहा करता था अपने अंतिम दिनों में वह बहुत बीमार रहने लगा और उसकी प्राकृतिक रूप से मृत्यु हो गई। विजय यह समाचार अजय को दिखाता है। अजय-

तुम्हें लगता है कि ऐसा हो सकता है? विजय - हो सकता है कि या नहीं पता नहीं, लेकिन ऐसा हुआ है, और सवाल यह है कि उस बच्चे को यह सब कैसे पता, जो सब उस ने देखा ही नहीं, जिन लोगों से वह कभी मिला ही नहीं और न कभी वह उनके घर गया, तो वह उनके परिवार के व्यक्ति के बारे में कैसे जानता है? अजय- बात तो सही है, इसका मतलब यह है कि उसके पिछले जनम की चेतना से वह जब जुड़ा होगा तब उसे सब याद आ गया होगा। विजय- इतना सब कुछ तो मैं नहीं जानता लेकिन जो पढ़ा है वह मुझे तो सच लगता है।

आस पास बच्चे खेल रहे थे उनकी गेंद विजय के पास आ जाती है विजय गेंद उठाकर देता है एक बच्चा बल्ला हवा में घुमाते कहता है भैया फेंको विजय गेंद दोबारा उठाता है और बच्चे के ठीक बल्ले पर मारता है, बच्चा गेंद को अपने मित्रों की ओर मारता है बच्चा विजय से कहता है भैया आप भी खेलों ना हमारे साथ विजय - मुझे खेलने से कोई आपत्ति नहीं है तुम्हारी गेंद खो गई तो मुझे कुछ मत कहना। बच्चा विजय से- अरे आप खेलो तो सही। विजय कुरसी से उठकर खेलने लगता है विजय बल्ले बाजी करता है एक बच्चा विजय के लिये गेंद बाजी करता

है वह तेज और बाहर से फेंकता है छ गेंदों में से विजय दो ही गेंद खेल पाता है। बच्चा - आप तो गेंद खोने वाले थे। विजय- क्या कर रहे हो तुम कितनी बाहर से फेंक रहे हो मेरे लिये क्या यह तो किसी के लिये भी खेलना कठिन है। विजय को आकाश की तरफ से कुछ आवाज आती है वह देखता है कि ऊपर कुछ गोल वस्तु घूम रही है वह देखकर दंग है क्योंकि उसकी जानकारी के अनुसार जिस आकृति की वस्तु उसने देखी है ऐसा कोई भी यान पृथ्वी पर नहीं है बाकी बच्चों को भी वह आवाज आती है वे भी उसी तरफ देखते हैं, जहाँ विजय देख रहा था।

विजय अजय को आवाज देते हुए - देखो यह क्या है? अजय- अरे यह तो कुछ यान जैसा लगता है। विजय- यान जैसा नहीं, यान ही है। अजय - हां मेरा मतलब वहीं है। विजय अपने mobile phone camera से उस वस्तु का चित्र लेता है। और फिर कुछ देर बाद वह वस्तु कहाँ ओझल हो जाती है पता भी नहीं चलता।

सुशिला - दौड़ते हुए आती है - अरे क्या अभी तुमने कुछ गोल सी वस्तु आकाश में देखी है, जो अभी गायब हो गई है, न जाने वह क्या था, बहुत ही अजीब था।

विजय - रुको जरा सांस लो ठहरो हमने भी देखी है वह वस्तु।

सुशिला - मैं छत पर खड़ी थी और अचानक ही मैं एक आवाज सुन मुझे लगा कि वह कोई विमान होगा लेकिन उसे देखकर लगा कि वह कोई विमान नहीं कुछ और ही था। अजय- हमें भी बिल्कुल ऐसा ही लगा, विजय ने तो उसकी तस्वीर भी ली है। सुशिला- दिखाओ। विजय अपने phone से ली गई वह तस्वीर दिखाता है। सुशिला - वाह यह बहुत अच्छा है। सुशिला तस्वीर देखकर phone विजय को दे देती है। सुशिला - वैसे तुम दोनों कितने दिन के लिये हो? अजय - क्यों हमें भगाना चाहती हो क्या? सुशिला हंसते हुए - नहीं मैं सोच रही हूँ कि तुम लोग तो कभी-कभी आते हो, अजय - हां अब रोज तो नहीं आ सकते हैं वरना विजय का बस चले तो वह रोज आ जाए। सुशिला मुसकुराते हुए - मैं कह रही हूँ कि यहाँ पास में एक बाजार है वहां घूमकर आते हैं। कुछ अच्छा लगे तो तुम खरीद लेना नहीं तो हम कम से कम घूम ही लेंगे। अजय - विचार तो अच्छा है। सुशिला- है ना। तो फिर शाम को पक्का, वैसे अजय तुम्हें अनीता को भी लाना चाहिये था। वह भी कुछ मजे कर लेती और अपने काम से कुछ फुरसत मिल जाती। अजय - ठीक है

मैं उस से अगली बार मिलूंगा तो कहूंगा कि तुम्हारी एक सहेली है, उसे तुम्हारी बहुत फिक्र होती है वह तुम्हें याद कर रही थी।

एक लड़का दौड़ता हुआ अजय और विजय से कहता है कि आपको नानी बुला रही है।

विजय - नाना जी आज हम खेल रहे थे तो अचानक ही न जाने कहाँ से एक अजीब सी दिखने वाली चीज हमें आकाश में उड़ती हुई दिखी और पता नहीं कहाँ गायब हो गई। प्रवीण - हो सकता है कि वह कोई उड़न तश्तरी हो। विजय - हाँ हो सकता है, लेकिन ऐसी कोई उड़न तश्तरी शायद धरती पर न हो क्योंकि विमान तो भी ऐसी आकृति वाले नहीं होते, विजय अपने phone के camera से खिची तस्वीर दिखाता है। तस्वीर देखकर प्रवीण भी दंग रह जाता है। प्रवीण - पता नहीं बेटा यह क्या है? यह तो कुछ विचित्र लगता है। अजय- हो सकता है कि यह इस ग्रह की वस्तु न हो। प्रवीण- मतलब? अजय - नाना जी जैसे इस धरती पर हम इनसान हैं हो सकता है कि इस धरती जैसी कोई और भी धरती हो। प्रवीण - मैं समझा नहीं बेटा। अजय- जैसे हम इस धरती पर जिंदा हैं हो

सकता है कि किसी और ग्रह पर कोई और इनसानों की तरह ही कोई और प्रजाती हो, जो जानना चाहती हो कि क्या कहीं और भी जीवन है या नहीं। प्रवीण - हो सकता है बेटा।

शाम को अजय विजय और सुशिला तीनों बाजार में घूमने चले जाते हैं। सुशिला एक दुकान पर रुक जाती है और अजय को बुलाकर कहती है देखो अजय यह घड़ी देखो इसकी बनावट बहुत अच्छी है अजय - हां यह तो सच में बहुत ही अच्छी है, लेकिन बहुत महंगी लगती है। सुशिला - महंगी तो है, लेकिन रोज तो नहीं मिलती कभी-कभी ऐसी चीजें बाजार में देखने को मिलती हैं और जब मिलती हैं तो याद के रूप में रख लेनी चाहिए। अजय - अभी मेरे पास ज्यादा पैसें नहीं हैं। सुशिला - कोई बात नहीं मैं दे देती हूँ तुम फिर कभी मुझे दे देना। इसे मेरी तरफ से भेट समझ कर रख लो अगर न दे पाए तो यह समझ लेना कि मैं ने तुम्हें यह भेट के रूप में दिया है। अजय - अरे नहीं यह क्या कह रही हो। सुशिला- भैया इसे pack कर दीजिए। अजय सुशिला को मना करता रह जाता है, लेकिन सुशिला एक नहीं सुनती। विजय - अरे भई रख लो आज यह बड़ी कृपालु हुई है पता नहीं

कब दोबारा हो या न हो। इसी लिये अवसर का लाभ उठा लो, और वैसे भी अगर कोई कुछ प्रेम से दे तो मना नहीं करना चाहिए। सुशिला- बिल्कुल सही कहाँ विजय ने।

खरीदारी करके तीनों घर जाने लगते हैं।

अजय घर के आंगन में बैठकर सोच रहा होता है कि मुझे ऐसा क्या करना चाहिए कि मेरी समस्या का समाधान हो और इस में कौन मेरी सहायता कर सकता है? और कब तक मैं यहाँ रहूंगा, यह श्रिष्टी भी बड़ी अजीब है एक व्यक्ति के जीवन के कितने स्वरूप हो सकते हैं वह सोच भी नहीं सकता और हमारा जीवन ऐसे ही चला जाता है और कुछ लोग आम लोगों की सोच से बहुत आगे सोच लेते हैं।

अचानक अजय को एक बहुत ही सुंदर पक्षी दिखाई देता है, लेकिन वह उड़ नहीं रहा था वह जमीन पर चल रहा था अजय उस पक्षी के पास जाने लगा जैसे-जैसे वह उसके पास जाता वह पक्षी अजय से दूर हो जाता उस पक्षी का पीछा करते-करते वह विहार तक पहुँच जाता है। विहार में भनते चंद्र-मणि अजय की देखकर कहते हैं किसका पीछा कर रहे हो? अजय इधर उधर दृष्टि घुमाता है तो

वह पक्षी नहीं दिखाई देता। भनते चंद्र-मणि एक लकड़ी का पक्षी दिखाते हैं और कहते हैं क्या इसी का पीछा कर रहे थे? अजय वह लकड़ी का पक्षी देखकर आश्चर्य चकित रह जाता है क्योंकि वह लकड़ी का पक्षी बिल्कुल उसी पक्षी की तरह दिख रहा था। अजय समझ नहीं पाता और वह पूछ बैठता है यह कैसे हो सकता है? भनते चंद्र-मणि- इस संसार में कुछ भी हो सकता है जो हम कल्पना कर सकते हैं वह भी और जिसकी हम कल्पना नहीं कर सकते वह भी इसका सबसे बड़ा उदाहरण तो तुम ही हो। अजय स्तब्ध रह जाता है क्योंकि भनते चंद्र-मणि की बात का अजय के पास कोई उत्तर नहीं रहता अजय को शांत देखकर भनते चंद्र-मणि कहते हैं तो तुमने क्या निर्णय किया है अपनी समस्या का समाधान करने के लिये? अजय- लगभग पाँच दिनों के बाद मैं तो चला जाऊंगा इतने समय में क्या कर पाऊंगा? भनते चंद्र-मणि- यह भी हो सकता है कि तुम्हें और समय मिल जाए। अजय - अगर ऐसा होता है तो यह मेरे लिये बहुत अच्छा होगा, लेकिन क्या ऐसा हो सकता है? भनते चंद्र-मणि- चाहो तो सब कुछ हो सकता है।

भनते चंद्र-मणि वंदना के लिये निकल जाते हैं। अजय वहां से जाता है। धीरे-धीरे हवा चलने लगती है वह जाकर गांव में एक नदी के पास बने चबूतरे पर बैठ जाता है

अजय का phone बजने लगता है, अजय receive करता है, नीता- क्या तुम्हें पता है कि TL ने एक महीने के लिये bench period घोषित कर दिया। अजय - तो तुम इस खाली समय में क्या कर रही हो? नीता - सोच रही हूँ। अजय- कहीं घूमने चली जाओ थोड़ा मन भी अच्छा हो जाएगा। नीता - सही कह रहे हो, वैसे तुम्हारी छुट्टियां कैसी चल रही हैं? अजय- अच्छी चल रही है थोड़ा मौसम बदला है इस लिये मन भी अच्छा लग रहा है, वैसे भी रोज-रोज computer screen के सामने बैठकर मन थोड़ा ऊब जाता है। नीता- हां यह भी सही है हवा पानी बदलना चाहिये। अजय नीता से बाते कर ही रहा था कि एक लड़का अजय को आवाज देकर कहता है आपको नानी नाना ने बुलाया है। अजय नीता से- मुझे घर बुला रहे हैं मैं तुम्हें phone करता हूँ। नीता- ठीक है।

अजय घर पहुंचता है, वहाँ देखता है कि नीता नाना नानी से बाते कर रही है। अजय को देखकर नीता कहती है- कैसे

हो अजय? अजय - तुम तो अभी मुझ से phone पर बाते कर रही थी। नीता - हाँ कर रही थी, लेकिन उस समय भी मैं यहीं थी, दरअसल मैं एक घंटा पहले ही आ गई थी, नाना जी खेत में थे उन्होंने मुझे आते हुए देख लिया था तुम्हें चौंकाने के लिये मैंने नाना जी से कहा कि आप अजय को मत बताए, इसी लिये नाना जी ने विजय को phone करके बुलाया और मैं उसके साथ आ गई। अजय- बहुत अच्छी योजना थी तुम्हारी।

नीता - तो बताओ तुम चकित हुए कि नहीं? अजय- मुझे कल्पना भी नहीं थी कि तुम कुछ ऐसा भी कर सकती हो। नीता- कभी-कभी ऐसे चौकाने वाले काम भी कर लेने चाहिए, अगर मैं तुम्हें बताकर आती तो यह तो सामान्य बात हो जाती और तुम्हें कुछ खास याद भी नहीं रहती, आज मैंने तुम्हें इस तरह चौकाकर चकित किया है तो यह तुम्हें सदैव याद रहेगा। विजय- सही कहा हम उन बातों को कुछ विशेष महत्व नहीं देते, जो सामान्य तौर पर घटित होती हैं, लेकिन जब कोई बात हमारी कल्पना के परेह घटती है तो स्मृति में छाप छोड़ जाती है। नीता - और बताओ क्या-क्या किया तुमने इन दिनों? अजय -

कुछ खास नहीं बाकी तो वहीं सामान्य दिनचर्या रही, बस एक बार मैं विजय और सुशिला के साथ घुमने चला गया था और वहां से एक घड़ी ली थी।

नीता - दिखाओ मुझे। अजय घड़ी निकाल कर दिखाता है, अजय- देखो यह अच्छी है न? नीता - हां यह तो बहुत अच्छी है, वैसे किसने इसका चयन किया था? अजय- तुम्हारी सहेली सुशिला। नीता - वाह सुशिला यह तो बहुत अच्छी है तुम्हारी पसंद सच में बहुत अच्छी है।

अजय घर के आंगन में बैठा सोच रहा था कि भनते मुझे रुकने के लिये कह रहे थे और अचानक यह हो गया मुझे एक महीने की छुट्टी भी मिल गई, क्या लगता है कि भनते भी अब मेरी सहायता करना चाहते हैं। अजय को घर के आंगन में अकेला बैठा देखकर नीता वहां उसके पास आती है। नीता - क्या हुआ अजय? किस सोच में डुबे हो? लगता है बहुत गहन चिंतन-मनन कर रहे हो। अजय- नहीं तो बस ऐसे ही कुछ इधर उधर की बातों पर मन कुछ न कुछ सोच रहा था। नीता- जब मन इधर उधर की बातों में उलझ जाए तो उसे वर्तमान में लाना चाहिये। अजय- तुम बातें तो बहुत अच्छी कर लेती हो।

नीता- अच्छी या बुरी पता नहीं, लेकिन इस बात में तथ्य है। अजय- हाँ तथ्य तो अवश्य है।

नीता - वैसे आजकल तुम कुछ खोए-खोए से रहते हो क्या कारण है बताओ जरा? अजय- कुछ खास नहीं बस ऐसे ही। नीता- क्यों क्या तुम मुझे बताना नहीं चाहते? अजय- नहीं तो मैं भला तुम से कैसे छिपाऊंगा?

अजय - विषय को बदलने के लिये नीता से कहता है - चलो थोड़ा घूमकर आते हैं। नीता भी कुछ समय अजय के साथ अकेले बिताना चाहती थी, इसी लिये उसने भी हाँ कह दिया। अजय - वैसे नीता क्या तुम्हें लगता है कि हम कही और भी मिले होंगे? नीता- मतलब मैं समझी नहीं। अजय - कहते हैं कि जैसे हम लोग इस दुनिया में हैं हम किसी और दुनिया में भी हो सकते हैं। नीता - हो सकता है होने के लिये कुछ भी हो सकता है, अब मेरे पास इतना ज्ञान तो नहीं है कि मैं इस बात को विश्वास के साथ कह सकूँ, लेकिन हाँ कभी-कभी लगता है कि हम किसी और दुनिया में भी हो, और हो सकता है कि मैं जैसी यहाँ हूँ किसी और दुनिया में कुछ और रही हूँ। अजय - मतलब? नीता- मतलब जैसे अभी इस दुनिया में तुम्हारा स्वभाव

कुछ और है और हो सकता है कि किसी और दुनिया में कुछ और स्वभाव हो। अजय - और हो सकता है कि किसी और दुनिया में कुछ और कर रहे हो। नीता - कहीं गायक, तो कहीं चित्रकार न जाने क्या-क्या, लेकिन एक बात जरूर पक्की है कि हर जगह हम मिले जरूर हो। अजय- हाँ जरूर हम किसी भी दुनिया में रहे हो, लेकिन साथ रहें। नीता अजय का हाथ कसकर पकड़ लेती है, वह इस बात से आश्वस्त हो जाती है कि जो भावनाएं उसके मन में अजय के लिये हैं वह भावनाएं अजय के मन में भी हैं। नीता खुद को रोक नहीं पाती और कह देती है कि- अजय तुम मेरे साथ हमेशा रहना कभी छोड़ना मत। अजय - नहीं मैं तुम्हें कभी नहीं छोड़ूंगा। अजय सोचने लगता है कि वह यह सब क्यों कर रहा है जबकि मैं वह हूँ ही नहीं जो नीता समझ रही है।

आकाश में बादल छाने लगते हैं धिरे-धिरे हवा भी तेज होने लगती है। अजय - चलो अब बहुत देर हो गई है अब हमें घर चलना चाहिये। नीता - थोड़ी देर रुको बहुत समय बाद हम मिले हैं वरना office में तो बस काम में ही व्यस्त रहते हैं। अजय यह तो अच्छी तरह जानता था कि

मैं वह नहीं हूँ जो नीता समझ रही है, लेकिन फिर भी वह नीता का मन रखने के लिये उसकी बात मान रहा था।

थोड़ी देर बाद नीता अजय के साथ चल देती है।

घर में सभी सो रहे हैं, लेकिन अजय को निंद नहीं आ रही रात के लगभग दस बज गए हैं। वह घर से थोड़ी दूर विहार में जल रही light को देख रहा होता है वह समझ जाता है कि भनते चंद्र-मणि जगे हुए हैं। वह उनके पास जाता है और उनको वंदन करता है। भनते चंद्र-मणि उसे आशीर्वाद देते हैं। भनते चंद्र-मणि- क्या हुआ अजय क्या तुम्हें निंद नहीं आ रही? अजय - नहीं भनते नहीं आ रही। भनते चंद्र-मड़ई-क्या इस लिये क्योंकि नीता तुम्हें वह समझ रही है, जो तुम नहीं हो। अजय- हाँ शायद इस लिये भी हो सकता है। भनते चंद्र-मणि- तो तुम्हें चिन्ता करने कि आवश्यकता नहीं है क्योंकि जब तुमने कुछ ऐसा नहीं किया है, जो तुम्हें नहीं करना चाहिये तो निश्चिंत हो जाओ। भनते चंद्र-मणि की बातों से अजय को समाधान मिल जाता है। अजय - आपसे बात करके मन हल्का हो गया। भनते चंद्र-मणि - जब मन में किसी तरह का संदेह रहे तो उसे दूर करने के लिये किसी से बात करके मन

हलका कर लेना चाहिये, नहीं तो मन के अशांत होने की संभावनाएं बढ़ जाती है। अब तो तुम्हें बहुत समय मिल गया है। अजय - भनते मैं आपके सामर्थ्य को मान गया। भनते चंद्र-मणि-निश्चिंत हो जाओ मैं तुम्हारी सहायता अवश्य करूंगा।

आसमान में तेज बिजली कड़कने लगती है बारिश भी बढ़ने लगती है। भनते चंद्र-मणि -कल से आरंभ करते हैं जाओ अब घर जाओ। अजय घर के लिये निकल जाता है।

अगले दिन सुबह चार बजे अजय जाग जाता है, वह विहार में बनते चंद्र-मणि के पास चला जाता है व वंदना कर रहे होते हैं। अजय कोई भी विघ्न डाले चुपचाप बैठ जाता है। वंदना समाप्त होने के बाद अजय भनते को वंदन करता है। भनते उसे एक आसन देकर बैठ जाने को कहते हैं। भनते चंद्र-मणि - अपनी श्वास पर ध्यान लगाओ, हमारी श्वास निरंतर गतिमान रहती है इससे हमारी मन की भावनाओं के हमारे शरीर पर होने वाले प्रभाव का पता चलता है, अगर तुम विचलित हो तो यह तेज होने लगती है या अगर तुम उत्तेजित हो तब भी, लेकिन अगर तुम शांत हो तो यह भी सामान्य रहती है, लेकिन तुम्हें

अपनी इच्छा से श्वास में कोई परिवर्तन नहीं करना है बस केवल इसे देखना है।

लगभग पंद्रह minutes के बाद अजय को अपने शरीर में कुछ विद्युत जैसा अनुभव होने लगा है उसे लगता है कि उसकी रीढ़ की हड्डी पर नीचे से ऊपर कुछ जा रहा है, और वह सर तक आकर घूम रहा है।

अजय रोज सुबह चार बजे से लेकर पांच बजे तक भनते के पास आकर उनके कहे अनुसार ध्यान करता और पांच बजे चला जाता।

अब अजय को अपने ध्यान में शून्य का अनुभव होता। भनते चंद्र-मणि अजय के सामने एक दिया रखकर उस दिये पर ध्यान केंद्रित करने को कहते। अजय उस दिये पर ध्यान केंद्रित करता कुछ देर बाद उसे ऐसा लगता कि उस दिये के आस पास उस दिये के अतिरिक्त कुछ नहीं है केवल वह दिया ही वहाँ रखा है। ध्यान से निकलने के बाद अजय को अपने आप में एक सुखद अनुभव होता उसे लगा जैसे उसके अंदर कुछ ऐसा है, जो पहले नहीं था। बनते चंद्र-मणि- अजय कुछ ऐसी कल्पना करो जो तुम्हें लगे कि यह व्यावहारिक स्तर पर नहीं हो सकता।

अजय- मैं कल्पना करता हूँ कि यह दिया, ऊपर उठ जाए।
भनते चंद्र-मणि- तो इस दिये पर ध्यान केंद्रित करो और
कल्पना करो कि तुम इसे बिना छूए इसे अपनी मन की
शक्ति से ऊपर उठा रहे हो। अजय दिये पर ध्यान केंद्रित
करके कल्पना करता है कि दिया ऊपर उठ रहा है। लगभग
दस minutes के बाद दिया ऊपर उठने लगता है। भनते
चंद्र-मणि दिये के ऊपर उठते ही उसके नीचे एक मोटी
वस्तु नीचे रख देते हैं।

अजय जब ध्यान से जागता है तो देखता है कि दिया एक
पत्थर के ऊपर रखा हुआ है। अजय - यह कैसे हुआ?
भनते चंद्र-मणि - जब तुम इसे ऊपर उठा रहे थे तब मैंने
इसके नीचे यह पत्थर रख दिया था, अगर अब भी तुम्हें
विश्वास नहीं होता कि यह तुमने किया है तुम चाहो तो
इसे अपने phone में दर्ज कर सकते हो। अजय अपना
phone निकालकर camera चालू कर देता है और उसे
एक जगह रख देता है, जहाँ से वह इस घटना को record
कर सके। और वह फिर से वहीं दिया लेकर उसपर ध्यान
केंद्रित करके उसके ऊपर उठने की कल्पना करता है।
थोड़ी देर बाद अजय ध्यान से जागकर अपने phone में
देखता है कि उसने सच में दिये को ऊपर उठा दिया था।

भनते चंद्र-मणि - तुम लगभग अपने सभी आध्यात्मिक गुणों को जगा चूकें हो अब तुम्हें निरंतर अभ्यास से इन्हें विकसित करना है।

नीता gas पर खाना बना रही होती है धिरे-धिरे आंच धीमे होने लगती है, नीता - लगता है इसे बदलना पड़ेगा। अजय- किसे बदलना पड़ेगा? नीता इस slender को। अजय- क्यों? नीता - क्योंकि लगता है कि gas कम हो गई है। अजय - दिखाओ तो जरा। अजय कुछ देर slender को देखता है और वह सोच रहा होता है कि इसके अंदर gas बढ़ रही है। gas पर आंच तेज हो होने लगती है। अजय slender को हिलाता है वह लगभग उतना ही भारी लगता है, जितना एक slender भरने के बाद। अजय - देखो तो जरा यह तो भरा लग रहा है। नीता उसे थोड़ा हिलाती है उसे भी वह लगभग उतना ही भारी लगता है। नीता - कमाल है अभी तो आंच कम लग रही थी और अभी तेज हो गई और यह slender भी भरा-भरा सा लग रहा है। अजय - हो सकता है कि gas सही से न पहुंच रही हो इस लिये आंच कम लग रही होगी क्योंकि हो सकता है कि regulator में कुछ हो गया हो इस लिये

आंच कम हो गई होगी तुम इतना मत सोचो। नीता - हाँ तुम सही कह रहे हो ऐसा ही हुआ होगा।

अजय को अब ज्ञान हो गया था कि वह तत्वों में उनके गुणों को बदल सकता है।

भनते चंद्र-मणि अजय को लेट जाने को कहते हैं। अजय अपने शरीर को शिथिल छोड़कर लेट जाता है। भनते चंद्र-मणि-अपनी आँखें बंद करो और तुम सोचो कि तुम अपने शरीर से बाहर निकल गए हो। दो तीन बार करने के बाद अजय को लगता है कि क्या यह उससे हो पाएगा? अजय - भनते यह कैसे हो पाएगा? भनते चंद्र-मणि अवश्य होगा अगर तुम दिये को ऊपर उठा सकते हो तो यह भी होगा। अजय फिर से लेटकर अपने आप को शिथिल छोड़ देता है और कल्पना करता है कि वह अपने शरीर से बाहर निकल गया है। लगभग आधे घंटे बाद अजय अपने आप को हल्का सा अनुभव करता है। वह देखता है कि वह भनते चंद्र-मणि के सामने खड़ा है और उसके पीछे उसका शरीर पड़ा है, भनते चंद्र-मणि दर्पण लाकर अजय को कहते हैं- देखो क्या तुम्हें इस दर्पण में अपना प्रतिबिंब दिख रहा है? अजय आश्चर्यचकित हो जाता

है क्योंकि उसे दर्पण में अपना प्रतिबिंब नहीं दिखता। अजय ऐसा क्यों भनते? भनते चंद्र-मणि - क्योंकि हमारा शरीर भौतिक पदार्थों से बना है, इस लिये अन्य भौतिक वस्तुओं की तरह हमारा शरीर भी दिखाई देता है, लेकिन ऊर्जा यानी हम, जो इस शरीर में रह रहे हैं वह भौतिक नहीं है।

लगभग रात के 11 बजे अजय फिर से अपने शरीर से बाहर निकलने का प्रयत्न करता है। आधे घंटे बाद वह देखता है कि वह नीचे बिस्तर पर लेटा है। वह स्वयं को दर्पण में देखता है तो उसे अपना प्रतिबिंब नहीं दिखाई देता।

वह बाहर निकलता है, दरवाजा बंद रहता है, वह विचार करता है कि अब वह कैसे बाहर निकलेगा? फिर भी न जाने क्यों आगे कदम बढ़ाता है और दरवाजे के आरपार हो जाता है।

वह अपने आपको हल्का अनुभव करता है, उसके मन में विचार आता है कि क्या वह ऊपर उठ सकता है या वह उड़ सकता है? अपने आपको ऊपर उठाने का प्रयत्न करता है तो धिरे-धिरे ऊपर होने लगता है।

वह तेज वेग के साथ स्वयं को आगे की और ढकेलता है। उसकी गति बढ़ने लगती है। अब उसका आत्मविश्वास बढ़ने लगता है।

थोड़ी देर बाद वह अपने शरीर में वापस चला जाता है।

अब अजय के पास लगभग दस दिन बचे हैं।

भनते चंद्र-मणि - अजय अब तुम्हें ब्रह्मांड के अन्य लोकों को देखना होगा। अजय- अर्थात जैसे स्वप्न लोक या और अन्य लोक जैसे देव लो। भनते चंद्र-मणि - हां बिल्कुल वैसे ही, ध्यान में जाकर उन आवाजों को सुनने का प्रयत्न करों, जिनका संबंध तुमसे है। अपने पिछले जीवन को याद करो। वह सारी घटनाएं भी। अजय लेट जाता है। वह याद करता है

वह देखने की कोशिश करता है वह देखता है कि वह उसी कमरे में लेटा है जिस कमरे में यहाँ अजय गांव में छुट्टियां मनाने आया है, जिसे वह देखता है उसे देखकर वह आवाज देता है वह दूसरा अजय की आवाज सुनकर चौंकते हुए उठ जाता है। अजय अपने शरीर में वापस आ जाता है।

अजय - भन्ते, वह मेरी आवाज क्यों नहीं सुन पाया? भन्ते चंद्र-मणि- जब तुम यहाँ आए थे तो तुम और वह भी स्वप्न में था तुम्हें भी स्वप्न लोक के माध्यम से ही उससे मिलना होगा।

पांच बजने को होते हैं, अजय घर चला जाता है। सुबह सभी अपनी नित्य क्रिया में लग जाते हैं। अजय नहा धोकर आज सब की दृष्टि में पहली बार ध्यान करने बैठा है। वह गहनता में जाते हुए अपने आप को अनेक रुपों में देखने लगता है, कही किसी रूप में तो कही किसी रूप में।

नीता अजय को ध्यान में मग्न देखकर कुछ नहीं कहती वह उसे नाश्ते के लिये बुलाने वाली थी, लेकिन वह वहाँ से चली जाती है।

ध्यान से जागकर अजय नाश्ते के लिये चला जाता है। नीता- लगता है कि आज तुम बहुत गहनता में चले गए थे? अजय- हां जरा सोचा कि कभी-कभी कुछ ऐसी चीजें भी कर लेनी चाहिये।

प्रवीण - हां बेटा वैसे तो हम सब अपना सारा जीवन खाने या सोने में लगा देते हैं, या कुछ जो समय बचता है वह भी

बेकार की बातों में उलझकर व्यर्थ कर देते हैं। रेखा - क्या हुआ भई? किस बात पर बहस चल रही है? रेखा रसोई से नाश्ता लेते हुए आती है।

विजय- कुछ नहीं नानी हम सब बस ऐसे ही ध्यान और अध्यात्म पर चर्चा कर रहे हैं। रेखा - आज बड़े ज्ञान की बातें हो रही हैं। प्रवीण - क्यों क्या केवल तुम ही ज्ञान की बाते कर सकती हो? हम नहीं। रेखा - अजी मैंने कब आपको ज्ञान की बातें करने से रोका है, यह तो अच्छी बात है कि आज इस विषय पर बाते तो हो रही हैं। विजय- नाना जी कहते हैं कि हम सब में ईश्वर होता है क्या आप इस बात को मानते हैं? प्रवीण- बेटा मैंने कभी ईश्वर को देखा तो नहीं हैं, लेकिन इतना जरूर जानता हूँ कि हम सब में वह होता है जिसकी वजह से हम अपने भगवान खुद बन सकते हैं।

विजय- मैं समझा नहीं नाना जी। प्रवीण - देखो बेटा पुराने लोग बात को कुछ अलग अंदाज से कहते थे, ताकि लोग अपनी बुद्धि लगाकर समझने की कोशिश करें ताकि उन में जीवन की पहेलियों को समझने की क्षमता विकसित हो, अब यही उदाहरण ले लो, आयुर्वेद में एक श्लोक है,

जिस में कहा है कि देह व्याध का मंदिर है, अब वैसे तो मंदिर का मतलब देवालय होता है और व्याध का मतलब शिकारी होता है या समस्या भी होता है पंचतंत्र में इस शब्द का उपयोग शिकारी के लिये किया है, वैसे ईश्वर का मतलब यह होता है कि वह ज्ञान, जिसकी वजह से बड़े-बड़े संत या ऋषि इस संसार में भगवान का स्तर पाकर लोगों में अपने आप को पूज्य बनाकर चले गए।

रेखा- बेटा जो उन में था या किसी बड़े संत में है वह हम सब में भी है, बस जरूरत है उसे पाने की।

नीता विजय और अजय टहलने निकलते हैं, टहलते हुए वे नदी के पास बने चबूतरे के पास जाकर वहाँ बैठ जाते हैं। अनीता का phone आता है विजय receive करता है। अनीता - कैसे हो दोनों? विजय - हम तो अच्छे हैं माँ, आप कैसी हैं? और पिताजी कैसे हैं? अनीता - पिताजी भी अच्छे हैं, बस किसी case के संबंध में बाहर गए हैं, यह बताओ कि तुम दोनों कब आ रहे हो? विजय- बस कुछ ही दिनों में आ जाएंगे लगभग पांच दिन में हमारी छुट्टियाँ समाप्त हो जाएगी, उसके बाद हम आ जाएंगे। अनीता - वहाँ नीता भी आई है, वह कैसी है? विजय

- वह भी अच्छी है, उसने तो हम सब को चौका दिया हमने तो सोचा भी नहीं था कि वह इस तरह आएगी। अनीता - मतलब मैं समझी नहीं विजय - वह जब आई थी तो उसने हम सब को पहले ही समझा दिया था कि मैं अजय को चौंकाने वाली हूँ। और फिर अजय ने तो इसकी कल्पना भी नहीं की थी कि अनीता ऐसा कुछ भी करेगी। अनीता - और नाना नानी की तबीयत कैसी है वे सब ठीक तो हैं। विजय- उन्हें क्या होने वाला है वे तो अच्छे भले स्वस्थ लग रहे हैं। अनीता - तुम सुशिला से मिले क्या। विजय- हाँ माँ उससे तो मैं आते ही मिल गया था।

अनीता - अजय कहाँ है? विजय - वह तो यही है नीता से बातें कर रहा है। रुक जाओ उसे phone देता हूँ।

विजय - अजय यह लो माँ का phone है। अजय- लाओ, कैसी हो माँ? अनीता - अच्छी हूँ और कैसे हो मजे कर रहे हो न गाँव में? अजय - हाँ अच्छा लग रहा है थोड़ा हवा पानी बदलता है तो कुछ मुड़ भी बदला है रोज-रोज वहीं computer के सामने बैठकर मन उब जाता है। अनीता- तुम्हारे पिताजी सोच रहे थे कि वे इस बार कुछ दिनों कि छुट्टियां लेकर हमें कही घुमाने ले जाएंगे। अजय - योजना

तो अच्छी है, लेकिन अब मैं अधिक छुट्टी नहीं ले सकता क्योंकि फिर मेरे वेतन में कटौती होने लगेगी। अनीता - यही बात सोचकर तुम्हारे पिताजी ने मना कर दिया और इसे फिर किसी और समय के लिये छोड़ दिया चलो कोई बात नहीं अभी तुम मजे कर रहे हो फिर कभी तुम्हारे पिता जी के साथ मैं भी थोड़ा घर से बाहर कुछ समय बाहर की हवा पानी का आनंद ले लुंगी खैर चलो मजे करो अब रखती हूँ।

सुबह के चार बजे हैं, अजय भनते चंद्र-मणि के पास जाता है। भनते चंद्र-मणि- अजय ध्यान लगाओ और पुछो इस ब्रह्मांड से कि कहां है तुम्हारा वह ब्रह्मांड, जहाँ से तुम आए हो। अजय- भनते यह ब्रह्मांड कैसे बताएगा? भनते चंद्र-मणि - अवश्य बताएगा बस सुनने की क्षमता होनी चाहिये अगर सुनने की क्षमता हो तो हर चीज कुछ न कुछ बताती है। सुन सकते हो तो पेड़ भी बहुत कुछ बोलते हैं। बस सुनना आना चाहिये।

अजय ध्यान में बैठ जाता है मन शांत हो जाने पर वह अनंत ब्रह्मांड को संबोधित करते हुए कहता है कि (हे अनंत ब्रह्मांड बताओ कि कहाँ है मेरा ब्रह्मांड जहाँ से मैं आया

हूँ इस ब्रह्मांड में) श्वेत प्रकाश से उसे अपना ही प्रतिरूप दिखाई देता है, वह प्रतिरूप अजय को देखकर कहता है कि मैं केवल अपने ज्ञान को परख रहा था, मैं जान गया कि केवल शरीर बदलकर भी हम समानांतर ब्रह्मांड में विचरण कर सकते हैं।

अब तुम अपने शरीर में वापस आ जाओ। अजय - वह कैसे? प्रतिरूप- तुम मेरे और अपने बीच एक रेखा बनाओ उसी रेखा के सहारे मैं इस शरीर से निकलकर अपने शरीर में वापस आ जाऊंगा और तुम अपने शरीर में।

अजय अपने और अपने प्रतिरूप के बीच एक ऊर्जा रेखा बनाता है, अजय- हे ऊर्जा रेखा मेरे और मेरे प्रतिरूप, हम दोनों के शरीर की अदल बदली कर दो।

उसके ऐसा कहते ही दोनों के शरीर की अदल बदली हो जाती है अजय पुनः अपने शरीर में आ जाता है।

अजय- पिछली बार तुमने यह कैसे किया था? प्रतिरूप - जब तुम नींद के समय स्वप्न लोक में थे तो मैंने तुम्हारे शरीर में प्रवेश किया था और तुम्हारी चेतना को मेरे शरीर में भेज दिया था, मुझे ऐसा लगता है कि पता नहीं क्यों तुम्हें कोई

ढूंढ रहा है। अजय - कौन? प्रतिरूप - पता नहीं कौन, लेकिन तुम जान जाओगे।

अजय- अब यह क्या है। अजय की आँख खुलती है, वह अपने आप को गाँव में देखता है, कमरे में विजय सोया हुआ है और दूसरे कमरे में नीता और रेखा, प्रवीण सामने वाले कमरे में सोया है।

अजय यह सब देखता है और सोचता है हर घटना का स्वरूप अलग-अलग ब्रह्मांड में समान या अलग हो सकता है।

घर से बाहर निकलकर देखता है तो भनते चंद्र-मणि विहार में प्रातः की वंदना कर रहे हैं। भनते चंद्र-मणि अजय को देखकर उसे बुलाते हैं। अजय विहार में जाता है। भनते चंद्र-मणि- अंततोगत्वा तुम वापस आ ही गए। अजय- हाँ भनते मैं वापस आ ही गया, क्या आप भी। भनते चंद्र-मणि - हाँ मैं भी जानता हूँ। अजय - कैसे? भनते चंद्र-मणि - क्या तुम अब भी नहीं समझे? अजय- मैं समझ गया।

अजय वापस आ जाता है। वह अपने phone में देखता है कि जो छायाचित्र विजय ने अपने mobile camera से लिया था वह छायाचित्र अजय के mobile में है।

सुबह हो जाती है। प्रवीण - मैं खेत जा रहा हूँ मेरे लिये नाश्ता लगा दो। रेखा - हाँ हाँ लगाती हूँ, ये तीनों कहाँ हैं? प्रवीण - गए होंगे टहलने, वैसे इनकी छुट्टियां कब निकल गई पता भी नहीं चला। रेखा नाश्ता लेते हुए आती है। रेखा - सही कहाँ जबतक ये घर में हैं चहल पहल रहेगी और फिर इनके चले जाने के बाद फिर वही रोज की तरह हम दोनों भूत ही इस घर में रहेंगे। प्रवीण - तो तुम क्या चाहती हो ये अपनी पढ़ाई छोड़कर यही रहे? रेखा - अजी नहीं पढ़ाई क्यों छोड़ेंगे, मैं ऐसा क्यों चाहूंगी, आप भी न कुछ भी बोलते हैं। प्रवीण मुसकुराता है। प्रवीण - अरे मैं तो मजाक कर रहा था वैसे याद तो मुझे भी बहुत आएगी, लेकिन कभी-कभी सोचता हूँ कि जब इन सब की शादी हो जाएगी तो क्या उसके बाद भी ये लोग आगे भी आएंगे भी या नहीं। रेखा - आप भी न कुछ भी सोच लेते हैं, मुझे पूरा भरोसा है कि जैसे ये हमें अभी प्यार करते हैं वैसे ही आगे भी प्यार करते रहेंगे, और आप न जादा मत सोचा कीजिए, नीता बहुत अच्छी लड़की है, मुझे उसपर पूरा भरोसा है, वह बाकी लड़कियों की तरह नहीं है, देखा नहीं वह किस तरह घर के कामों में हाथ बटाती है, और हमारे साथ कितने अच्छे से रही है, अगर अजय नहीं आया न

तो नीता उसे कभी-न-कभी लेकर अवश्य आएगी। प्रवीण तुम उसकी बहुत प्रशंसा कर रही हो लगता है कि उसने पूरी तैयारी कर ली है कि तुम से अपनी बात मनवा ले, और जल्दी से तुम्हारी नातिन बन जाए। रेखा - अगर वह ऐसा कर भी रही है तो मुझे कोई आपत्ति नहीं है क्योंकि मुझे वह पसंद है। प्रवीण - तुम्हें पसंद है यह बहुत अच्छी बात है क्योंकि मुझे भी वह अच्छी लड़की लगती है, पता नहीं राकेश और अनीता को भी पसंद आएगी या नहीं। रेखा- हम बात करेंगे।

प्रवीण नाश्ता करके तश्तरी आगे कर देता है। प्रवीण- मैं चलता हूँ। कहकर निकल जाता है।

नवीन पुस्तक पढ़ रहा है अचानक गली के कुत्ते भोंक रहे हैं, नवीन- पता नहीं इन कुत्तों को क्या हो गया है इतना भोंक रहे हैं?

प्रिया - ये मेरी वजह से भोंक रहे हैं। नवीन- क्या तुमने इनके कान में जाकर कुछ ऐसा कह दिया कि ये भोंकने लगे। प्रिया- नहीं भैया, ऐसा कुछ नहीं हुआ मैं आपको समझाती हूँ, देखिये अब ये भोंकना बंद कर देंगे। और कुत्ते सच में भोंकना बंद कर देते हैं। प्रिया- अब देखना

ये फिर से भोंकेंगे। और कुतते फिर से भोंकना चालू कर देते हैं।

नवीन - यह क्या है? प्रिया - मैं आपको समझाती हूँ, मनुष्य 64 megahertz से लेकर 23000 megahertz आवाज को सुन सकता है, और कुत्ते 67 से लेकर 45000 megahertz की आवाज को सुन सकते हैं, अर्थात मनुष्य से 22000 megahertz, अधिक यह आवाज लगभग उतनी ही स्तर की थी।

हमारे शरीर की तंत्रिकाओं के भी बात करने की एक आवाज होती है।

इतना ही नहीं बल्कि telepathy [दूरानभूती] की भी एक आवाज होती है, जो केवल दो लोग एक दूसरे तक ही पहुँचाते हैं, लेकिन वह आवाज कम स्तर की होती है इस लिये उस आवाज को सुनने की क्षमता होने के कारण वे दोनों ही सुन सकते हैं।

नवीन - तुम्हारी खोज तो मजेदार है, क्या इस खोज से किसी की मन की बात भी सुन सकते हैं?

प्रिया - अभी मैं इस पर काम कर रही हूँ। नवीन - मतलब ऐसा हो सकता है।

प्रिया- हाँ ऐसा हो सकता है, अगर ऐसा हो गया तो संदिग्ध लोगों के बारे में पता कर सकते हैं, और किसी भी अप्रिय घटना के बारे में पता कर सकते हैं, खैर मुझे बहुत भूख लगी है मैं नाश्ता करके आती हूँ।

अजय विजय और नीता, तीनों अपना सामान बांध रहे हैं।

रेखा - पहुँचने पर phone जरूर करना।

अजय - हाँ नानी जरूर करूंगा। विजय और नीता एक साथ बोले। क्यों नानी हम से बात करना अच्छा नहीं लगता क्या?

रेखा दोनों के सर पर प्यार से हाथ फेरती हुई बोली नहीं बेटा तुम दोनों की भी बहुत याद आएगी।

विजय - अब नानी इतना भी प्यार न करें कि जाने का मन भी बदल जाए। नीता- हां नानी अगर यह रुक गया तो यह बेचारा college नहीं जा पाएगा, या यह कहा जाए कि यह किसी से मिल नहीं पाएगा, और कोई इसे बहुत याद करेगा।

विजय - shutoff।

नीता का phone बजता है, वह call receive करती है, आनंदी- कैसी हो नीता? सारी तैयारी हो गई है न?

नीता - हाँ माँ हम बस निकल ही रहे हैं, बस थोड़ी देर में निकल जाएंगे। आनंदी- खाने के लिये डब्बा तो ले लिया ना, क्योंकि गाड़ी में पता नहीं कितने दिन का खाना परोसते होंगे, और साफ सफाई भी रखते होंगे या नहीं।

नीता - हाँ माँ मुझे सब पता है कि गाड़ी में कुछ भी खरीदना नहीं है घर से ही खाने के लिये लेकर जाना है।

आनंदी - ठीक है जब गाड़ी में बैठ जाओ तो phone कर देना।

अजय को अचानक लगता है कि कोई उसे आवाज दे रहा है, लेकिन यह आवाज केवल अजय को ही सुनाई देती है, अजय थोड़ा अलग जाकर कहता है, कौन है कौन आवाज दे रहा है?

अजय इधर उधर देखता है तो उसे कोई नहीं दिखाई देता, वह वापस आ जाता है।

नीता - क्या हुआ अजय? अजय - मुझे लगा कि कोई मुझे आवाज दे रहा है, इस लिये मैं देखने गया था।

नीता - नानी अब हम चलते हैं। रेखा- ठीक है बेटा अब तुम्हारी गाड़ी का समय भी हो गया होगा।

अजय विजय नीता, तीनों station पहुँचते हैं। गाड़ी आ जाने पर तीनों गाड़ी में बैठ जाते हैं।

गाड़ी धीरे-धीरे गति पकड़ने लगती है।

सबसे पीछे वाले डब्बे में एक बच्चा बैठा है, वह देखता है कि गाड़ी के साथ कोई चीज गाड़ी की गति से चल रही है। वह बच्चा अपने बड़े भाई को बुलाकर दिखाता है भैया देखो यह क्या है? बड़ा भाई भी आश्चर्य से देखता ही रह जाता है।

एक पुराने खंडहर जैसी इमारत के पास कुछ बच्चे खेल रहे हैं। रात होने को है, वे बच्चे आपस में बाते करते हैं। यार यह building कितने समय से यहां है और कोई यहां आता भी नहीं है, किसकी होगी यह building? दुसरा बच्चा उत्तर देते हुए कहता है। पता नहीं यार चल आज जाकर देखें क्या इस building में? एक छोटा बच्चा

थोड़ा डरते हुए कहता है ए नहीं रहने दो पता नहीं क्या होगा इस building में। चलना वापस घर चलते हैं। दूसरा बच्चा थोड़ा रोमांचक भाव में कहता है, चल यार देखते हैं। छोटा बच्चा रोकता रह जाता है, लेकिन वे दोनों उसकी नहीं सुनते।

दोनों उस इमारत में अंदर जाते हैं। वहां उन्हें एक कमरा दिखता है, वे उस कमरे का दरवाजा खोलने की कोशिश करते हैं वह दरवाजा धीरे-धीरे खुलता है। जैसे ही वह दरवाजा खुलता है, अचानक एक रोशनी कमरे से निकलती है, और मानो किसी अदृश्य शक्ति ने उन दोनों को ऐसा फेंका, जैसे कोई गेंदबाज किसी गेंद को फेंक रहा हो। वे दोनों पीठ के बल गिरते हैं और इमारत से बाहर निकल आते हैं। वह छोटा बच्चा अभी भी बाहर ही उनकी प्रतीक्षा कर रहा था। उन दोनों को इस तरह पटके जाने पर वह पूछता है। क्या हुआ क्या वहाँ कोई भूत था क्या? दोनों बच्चे उस छोटे बच्चे का हाथ पकड़कर वहाँ से तेजी से भाग जाते हैं। भागते-भागते हुए दोनों उस छोटे बच्चे से कहते हैं अभी जो हुआ वह किसी से मत कहना। छोटा बच्चा सहमती जताते हुए कहता है, मुझे डांट नहीं खानी है मैं क्यों किसी से कहूंगा।

दोनों भागते हुए एक scooter से टकराते हुए बचते हैं scooter वाला उन तीनों बच्चों को देखकर गाड़ी की गति कम करता हुआ कहता है, बच्चों जरा देखकर चला करो अभी टकरा जाते।

अजय विजय और नीता तीनों station पहुँचते हैं। नीता- मैं यहाँ से cab कर लेती हूँ।

अजय - वैसे तुम चाहो तो मेरे घर चल सकती हो क्योंकि मेरी माँ से भी मिल लोगी वरना माँ कहेगी कि उसे वही से छोड़ दिया और घर भी लेकर नहीं आया।

नीता - अच्छा माँ कहेगी इस लिये मुझे चलना होगा, तुम नहीं चाहते। अजय- नहीं ऐसी बात नहीं है मैं भी चाहता हूँ। नीता- लेकिन तुमने कहाँ तो नहीं कि चलो मेरे घर चलो में तुम्हें अपने घर ले जाकर माँ से मिलवाना चाहता हूँ।

अजय - ठीक है मैं अब कह रहा हूँ चलो मेरे घर चलो क्योंकि मुझे अच्छा लगेगा।

नीता - अगर ऐसी बात है तो मैं चलती हूँ, तुम्हारी माँ को अच्छा लगेगा यह तो मुझे पता है, लेकिन यह जानना था कि क्या तुम्हें भी अच्छा लगेगा कि नहीं।

अजय - हाँ देवी जी अब तो चलो हाथ जोड़ता हूँ तुम्हारे आगे, या इधर ही बहस करते रह जाएंगे।

तीनों cab करके घर पहुँचते हैं।

विजय घर पहुँचते ही अनीता के पास जाकर रसोई में पुछता है। विजय - क्या सब्जी बना रही हो माँ? अनीता- अरे तुम आ गए, और वे दोनों कहाँ हैं?

विजय - वे दोनों driver को किराया दे रहे हैं। अनीता- जाओ जाकर हाथ मुंह धो लो।

विजय हाथ मुंह धोने चला जाता है। अजय और नीता सामने वाले कमरे में बैठ जाते हैं।

अनीता को दोनों की बात करने की आवाज आती है।

अनीता - नीता! कैसी हो? नीता अनीता की पुकार सुनकर अनीता के पास जाती है।

अनीता - कैसे हैं सब तुम्हारे घर में? नीता - सब अच्छे हैं आप कैसी हैं? अनीता - मैं तो अच्छी हूँ तुम तो कभी आती ही नहीं। नीता - नहीं ऐसी बात नहीं है, अजय मुझे कभी बुलाता ही नहीं, आज भी जब हम आ रहे थे तो यह

कह रहा था कि मैं चलूंगी तो आप को अच्छा लगेगा, यह नहीं बोला कि इसे अच्छा लगेगा।

अनीता - इसे अच्छा लगे या न लगे तुम्हारा मन करें तो आ जाया करो, क्योंकि हम सब को अच्छा लगेगा, मुझे भी और इसके पिताजी को भी, खैर कैसी रही तुम्हारी छुट्टियाँ? नीता - बहुत अच्छी, हमने खूब मजे किए। अनीता - मैं भी सोच रही थी कि एक बार अपने गाँव हो आऊँ, लेकिन इस घर के काम के चक्कर में जाने का अवसर ही नहीं मिलता। नीता-काकी - घर के काम तो कभी खतम ही नहीं होते और वैसे भी यह सारे काम करने में तो पूरा जीवन निकल जाता है, और जब हम सारी जिम्मेदारियों को पूरा कर देते हैं फिर लगता है कि अपने लिये भी कुछ समय निकाल लेना चाहिये था, इससे अच्छा है कि हम खुद पर अफसोस करने की नौबत ही न आने दें।

अनीता खुश होती है कि अजय को इतने सहज विचारों वाली लड़की मिली है।

अनीता - तुम्हारी बातों से लगता है कि अजय को तुम से बहुत कुछ सीखने को मिलता होगा।

नीता - शरमाते हुए, ऐसा क्यों लगता है काकी?

अनीता - अब देखो न इतनी गंभीर बात को तुमने कितनी सहजता से कह दिया।

नीता - काकी मैंने वही कहा है, जो तथ्य है।

विजय नहाने के लिये कपड़े मांगता है, अनीता विजय को कपड़े लाकर देती है।

अनीता - बेटी आज खाना यही खा लो। नीता- मैं बनाने में सहायता करूं?

दोनों खाना बनाने में लग जाते हैं।

नीता का phone बजता है, नीता phone उठाती है।

आनंदी - तुम अभी तक पहुंची कि नहीं? नीता- हाँ माँ मैं बहुत पहले ही पहुंच गई।

आनंदी - तो तुम हो कहां? नीता- माँ मैं अजय के घर हूँ और हाँ मैं आज यहीं खाना खा रही हूँ।

आनंदी - अच्छा ठीक है, अनीता जी कैसी हैं? नीता- वे बहुत अच्छी हैं, उन्होंने ही मुझे आज यहाँ खाना खाने के लिये कहाँ है।

आनंदी - चल ठीक है मैं अब phone रखती हूँ।

अनीता - आनंदी जी का phone था? नीता- हाँ काकी।

अनीता - बहुत दिन हो गए उन से बात ही नहीं हुई। नीता - बात क्या करना आप कभी मेरे घर ही चलना। अनीता - यह तो और अच्छा है।

अजय अगले दिन college जाना है यह सोचकर अपनी पुस्तकें देखने लगता है, नीता अजय को पुस्तकें तैयार करते हुए देखकर, पुछती है, college की तैयारी कर रहे हो? अजय- हाँ सोचा कि अब बहुत मस्ती कर ली अब थोड़ा पढ़ाई के बारे में सोच लिया जाए।

नीता - हाँ सही कहाँ मैं भी घर जाकर अपनी पुस्तकें तैयार कर लेती हूँ।

अनीता खाना लगाने लगती है। अनीता - चलो खाना खा लो, विजय कहाँ गया वह अभी तक नहा कर आया ही नहीं क्या?

विजय - हाँ माँ मैं भी आ रहा हूँ बस अभी आया। विजय तैयार होकर खाना खाने बैठ जाता है।

अनीता - अब तुम तीनों का यह स्नातक का अंतिम वर्ष है इसके बाद क्या करोगे? नीता और अजय एक साथ बोल पड़ते हैं, मैं तो व्यवसाय के लिये ढूंढना चालू कर दूंगा।

अनीता - तो यह तुम दोनों ने एक साथ मिलकर निर्णय लिया है? अच्छी बात है।

अजय और नीता को समझ में नहीं आ रहा था कि जो हुआ उसके बारे में वे दोनों क्या कहें, दोनों ने चुप रहना ही उचित समझा।

अजय खाना खाकर बरतन रखने के लिये जाने लगता है।

अजय - खाना खाकर हो जाए तो मुझे आवाज दे देना मैं बाहर खड़ा हूँ।

नीता - हाँ मैं आती हूँ थोड़ी देर में।

अजय बाहर जाकर bike को साफ करने लगता है।

थोड़ी देर में नीता आवाज देती है।

नीता - चलो गाड़ी निकालो।

नीता बस्ता लेकर आती है और गाड़ी पर बैठ जाती है, अजय गाड़ी चालू करता है।

अजय - बैठ गई न? नीता- हाँ चलो।

अजय गाड़ी आगे बढ़ाता है।

नीता का घर आ जाता है घर आते ही नीता अजय को रुकने के लिये कहती है। दोनों गाड़ी से उतरते हैं। नीता अंदर जाने लगती है अजय को भी अंदर आने के लिये कहती है।

अजय अंदर आता है, वह आनंदी को देखकर नमस्कार करता है।

आनंदी अजय को देखकर सोफे पर बैठने के लिये कहती है।

आनंदी - नीता जाओ पानी लेकर आओ।

नीता जाकर पानी लाने चली जाती है।

आनंदी - और कैसे हैं सब घर में?

अजय - सब अच्छे हैं काकी।

आनंदी - मस्त मजे किए इस बार छुट्टियों में।

अजय - क्या करते काकी वैसे भी बेकार ही घर बैठे थे सोचा कि नाना नानी के घर हो आए।

आनंदी - नहीं अच्छा किया कभी-कभी अपने गाँव भी हो आना चाहिये, वैसे भी नीता का भी मन नहीं लग रहा था, इसी लिये वह भी तुम्हारे पीछे चली आई।

अजय - अच्छा काकी अब मैं चलता हूँ।

आनंदी - ठीक है बेटा आते रहना।

अजय - हाँ काकी जरूर बस नीता ही है, जो कभी बुलाती ही नहीं। नीता - अच्छा तो अब तुम मेरी टांग खींच रहे हो।

आनंदी - बेटा अब तुम दोनों की बीच की बातें तुम ही जानो, मुझे मत घसीटो। इतना कह कर आनंदी रसोई में चली गई।

अजय - देखा तुम्हारी माँ भी अब तुम्हारा पक्ष लेने से मना कर के चली गई।

नीता - केवल मेरा ही नहीं तुम्हारा भी।

अजय - ठीक है अब college में मिलते हैं। नीता - चलो मुझे भी अब थोड़ी नींद सी आ रही है।

अजय गाड़ी चालू करके निकल जाता है।

शाम से धीरे-धीरे रात होने लगती है, अजय जिस रास्ते से गुजरता है वहाँ संनाटा छाया रहता है।

एक दो mint तक ऐसा लगता है कि मानो इस पूरी धरती पर वह केवल अकेला ही रह गया हो।

थोड़ा आगे जाकर अजय को कुछ दो चार लड़के दिखते हैं।

अजय मन में सोचता है चलो मनुष्य नाम का कोई प्राणी तो दिखा।

जैसे ही वह उनके पास पहुँचता है, वे उसका रास्ता रोकने लगते हैं।

अजय - क्या हुआ मित्र, कोई समस्या है क्या।

वे लड़के अजय को अकड़ती हुई आवाज में बोलते हैं समस्या तो अब तुझे होने वाली है बच्चे।

अजय समझ जाता है कि ये लोग बदमाश हैं और यहाँ से आते जाते लोगों को रोककर परेशान करते हैं।

अजय - अरे मित्र तुम मेरी समस्या की चिन्ता मत करो, क्योंकि अब समस्या मुझे नहीं बल्कि तुम्हें होगी।

एक मोटा सा लड़का अजय को घूरते हुए बोला क्या रे तेरी इतनी मजाल तू हम से ऐसे बात करेगा, अजय - हाँ गैंडे मैं तुझ जैसे गधों से ऐसे ही बात करना पसंद करता हूँ।

इतना सुनते ही वह मोटा सा लड़का भड़क जाता है और अपने साथियों से कहता है अरे जरा इसको मजा चखाओ।

इतना कहते ही उसके बाकी साथी अजय की तरफ झपट पड़ते हैं।

अजय भी यही चाहता था कि वे लोग भड़क जाए और अजय पर हमला करें।

अजय अपनी bike चालू करता है और पूरे वेग से दौड़ाता है।

वे चारों भी पूरे वेग से गाड़ी को दौड़ा कर अजय का पीछा करते हैं।

लेकिन अजय वहाँ से गायब हो जाता है।

अजय गायब होकर फिर से उसी जगह चला जाता है जहाँ से उसने गाड़ी चालू की थी।

उन चारों को वह आवाज देता है।

अरे तुम लोग वहाँ कहाँ हो मैं तो यहाँ हूँ।

वे चारों अजय को उसी जगह देखकर चौंक जाते हैं।

वे आपस में कहते हैं अरे यह यहाँ कैसे आ गया यह तो अभी हमारे सामने था।

उन में से एक बोला रुक मैं इसको मजा चखाता हूँ।

दूसरा बोला छोड़ना मत इसको, वह लड़का तेजी से bike चलाकर अजय की तरफ बढ़ने लगा, लेकिन थोड़ी देर बाद उस लड़के की bike अपने आप ही बंद पड़ गई। वह लड़का bike चालू करने की कोशिश करने लगा, लेकिन उसकी गाड़ी चालू ही नहीं हो रही थी।

गुस्से में तमतमाया वह पैदल ही अजय की तरफ बढ़ने लगा।

अजय अपनी गाड़ी को एक गड्ढे के ऊपर से तेजी से ले गया। लेकिन वह लड़का क्रोध में यह भी ध्यान न रख सका कि वहाँ एक गड्ढा भी है और वह उस गड्ढे में गिर गया।

लड़का अब अपने आप को असहाय अनुभव करते हुए अपने बाकी मित्रों को सहायता के लिये बुलाने लगा।

भाई लोग बचाओ मुझे मैं इस गड्ढे में गिर गया हूँ।

अजय - कोई और है, जो मेरा पीछा करना चाहता है।

अपने साथी को गड्ढे में गिरा हुआ देखकर वह मोटा सा लड़का अजय से बोला तूने हमारे साथी को गिराया मैं तुझे छोड़ुंगा नहीं।

अजय - अरे गैंडे पहले पकड़ तो ले, छोड़ने की बात बाद में करना, वैसे पहले अपने साथी को बचाओ।

वह मोटा सा लड़का अपने दो साथियों को गड्ढे में गिरे लड़के को बचाने के लिये कहता है।

वे दोनों उस लड़के को बचाने के लिये जाते हैं।

वह मोटा सा लड़का अजय की तरफ बढ़ता है।

अजय - आजा गैंडे। वह लड़का अजय की कमीज पकड़ लेता है।

अजय उससे अपनी कमीज छुड़ाकर उस लड़के को हवा में उछालकर एक पेड़ पर फेंक देता है।

यह देखकर बाकी तीनों साथी अजय की तरफ बढ़ते हैं। उन तीनों में से एक को, जो गड्ढे में गिर गया था वापस अजय उसे हवा में उछालकर उसी गड्ढे में फेंक देता है।

वह लड़का गड्ढे में गिरने के बाद बोला अरे फिर से गड्ढे में फेंक दिया।

अजय उन दोनों को पकड़ता है और हवा में उछालकर दोनों को अलग-अलग पेड़ पर फेंक देता है।

अजय गाड़ी चालू करने लगता है।

अजय- अच्छा तो भाई लोग अब मैं चलता हूँ।

चारों समझ जाते हैं कि उन्होंने अजय का रास्ता रोककर खुद ही समस्या मोड़ ली।

चारों एक स्वर में बोलें, हमें बचाओ।

अजय - अरे नहीं तुम कितने असहाय लग रहे हो।

हाँ भाई अब हम लोग सच में बहुत असहाय हो गए हैं। वे चारों एक स्वर में बोलें।

अजय - जब इस रास्ते से आते जाते लोगों को तुम परेशान करते हो तो जरा सोचो उन्हें कितना कष्ट होता होगा।

वे चारों बोले हमें क्षमा कर दो, अब हम किसी को परेशान नहीं करेंगे।

अजय उस गड्ढे में गिरे लड़के को बाहर निकालता है, और बाकी तीनों को पेड़ से नीचे उतार देता है।

गड्ढे से बाहर निकला लड़का बोला भाई तू कोई साधारण सा नहीं है, हमें क्षमा करना हमें पता नहीं था।

अजय- मैं साधारण हूँ या असाधारण यह महत्वपूर्ण नहीं है महत्वपूर्ण यह है कि अब से तुम चारों यहाँ लोगों को परेशान नहीं करोगे, और कुछ काम धाम ढूंढो।

गड्ढे से बाहर आया हुआ लड़का बोला, भाई मैं तो पक्का नहीं दिखुंगा इन तीनों का पता नहीं।

बाकी तीनों भी एक साथ बोलें नहीं-नहीं अब से हम भी नहीं दिखेंगे।

अजय - चलो ठीक है अब निकलो तुम लोग।

अजय गाड़ी चालू करके वहाँ से निकल गया।

रात को अजय अपने कमरे में सोने की कोशिश करता है, लेकिन उसे निंद नहीं आती रात के लगभग 11 बजे हैं, अजय को लगता है कि कोई उसे आवाज दे रहा है।

अजय सोचता है कि शायद निंद न आने के कारण वह थोड़ा विचलित है इसी लिये उसे आवाजें सुनाई दे रही हैं।

उसे आवाज आती है, अजय हमारी सहायता करो।

अजय उस आवाज से ध्यान हटाने के लिये पुस्तक पढ़ने लगता है।

धीरे-धीरे थोड़ी देर बाद उसे निंद आ ही जाती है।

महाविद्यालय की तामलोट-canteen में कुछ लड़के जमा हैं वे किसी गंभीर विषय पर चर्चा कर रहे हैं। नवीन - क्या हुआ मित्रों? किस गंभीर विषय पर चर्चा हो रही है?

प्रकाश - नवीन क्या तुम्हें पता है कि यहाँ महाविद्यालय के पास एक दारू की भट्टी है, जो कि अवैधानिक है।

नवीन - यह तो सब को पता है। प्रकाश - हाँ जानता हूँ कि सब को पता है लेकिन कोई कुछ कहता नहीं है। नवीन - तो तुम क्या कहना चाहते हो। प्रकाश - देख भाई आज महाविद्यालय में परिसंवाद seminar हुआ था, जिस में महाविद्यालय की समस्याओं पर चर्चा हुई थी प्राचार्य और प्राध्यापक कह रहे थे कि अगर कोई समस्या हो

तो बताओ, वैसे तो वे सब महाविद्यालय की अंदर की समस्या के विषय में कह रहे थे, लेकिन मैंने सोचा कि यह समस्या भी महाविद्यालय की ही है तो क्यों न इस विषय पर कुछ कहा जाए।

नवीन - बात तो तेरी सही है, लेकिन क्या बाकी विद्यार्थी भी इस विषय पर चर्चा करने के लिये तैयार होंगे।

प्रकाश - पता नहीं, लेकिन अभी हम दो चार लोग इस विषय पर चर्चा कर ही रहे थे इतने में तू आ गया, बाकी और से भी पुछ लेंगे, खैर यह तो अंदर की समस्या नहीं है हो सकता है कि कुछ लोग कहे कि पहले अंदर की समस्याओं पर बात होनी चाहिये, वैसे मैं तो यह कहना चाहूंगा कि इस विषय में बहुत कम लोग पढ़ना चाहेंगे क्योंकि अधिकतर लोग उन्हीं विषयों पर बोलना पसंद करेंगे, जो उनके लिये सरल हो।

नवीन - भाई देख मैं तो तेरे सहयोग में रहूंगा ही, और एक बार अजय से भी बात करके देखूंगा।

प्रकाश - तू देख बात करके वह क्या कहता है मुझे बता।
नवीन - हाँ बिल्कुल।

राकेश अपना सामान बांधने लगता है। अनीता - कितने दिन के लिए जा रहे हैं आप? राकेश- बस कुछ चार दिनों के लिए।

अनीता - कितने बजे की flight है। राकेश- दोपहर तीन बजे तक निकल जाना होगा, पांच बजे की flight है।

अनीता - मैं अजय या विजय से कह दूंगी।

अजय महाविद्यालय के प्रांगण में अपने अगले कालांश- period की प्रतीक्षा कर रहा था, अचानक उसके सामने एक दृश्य आता है कि उसके पिताजी विमान में बैठे हैं और विमान में कुछ तकनीकी गड़बड़ी आ गई है, जिसके कारण विमान दुर्घटना ग्रस्त होने की स्थिति पर है, यह दृश्य देखकर अजय विचलित हो जाता है।

प्रकाश और नवीन अजय के पास ही आ रहे हैं उसे विचलित देखकर वे दोनों अजय से पुछते हैं, क्या हुआ तू इतना परेशान क्यों है? अजय - कुछ नहीं, बस ऐसे ही कुछ बाते मन में आ रही थी तो इसी लिए थोड़ा सोच में पड़ गया था, तुम बताओ कैसे चल रहा है सब?

प्रकाश - मैं तो अपने अगले कालांश की प्रतीक्षा कर रहा था अभी तक ताम लोट में था सोचा कि बहुत दिन हो गए तुझ से मिल लिया जाए बहुत ढूंढने पर तू यहाँ मिला, वैसे बता कैसी गई तेरी छुट्टी?

अजय - अच्छी गई यार मैं तो अपने गांव गया था, खूब मजे किए। प्रकाश- नीता बता रही थी वह भी आई थी।

अजय - यार उसके पेट में भी न कुछ बात पचती नहीं। प्रकाश- अरे नाराज क्यों हो रहा है यह तो अच्छी बात है न उसे भी थोड़ा अपनी छुट्टी बिताने का अच्छा समय मिल गया, वैसे वह तो तारीफ ही कर रही थी तेरे नाना और नानी की।

अगले कालांश के लिये siren बजता है, तीनों वहाँ से चले जाते हैं।

विनय - नमस्कार बच्चों। सभी विनय को खड़े होकर नमस्कार करते हैं।

विनय - बैठो, अच्छा तो यह बताओ कितने लोग आज कल जो युवा tattoo करवाते हैं उसके बारे में जानते हैं।

एक लड़का खड़ा होकर बोला - sir! tattoo तो बहुत तरह के होते हैं कोई इसे हथेली में करवाता है तो कोई बाजू में।

विनय- और कोई। एक और खड़ा होकर बोला, sir वैसे हमारी परंपरा में जो मेहँदी लगाई जाती है क्या उसे भी हम tattoo कह सकते हैं?

विनय- हाँ कह तो सकते हैं, लेकिन वह tattoo की श्रेणी में नहीं आएगी। लड़का पुछता है क्यों sir? विनय - क्योंकि इस लिये वह रची जाती है न कि गोदी जाती है, tattoo गोदा जाता है।

प्रकाश - sir यह तो शायद विदेशी परंपरा है।

विनय - नहीं ऐसा नहीं है, tattoo आज कल लोग केवल शौक के लिए लगवाते हैं, लेकिन आदी वासियों में यह उनके समुदाय का मान सम्मान होता है और उनकी पहचान।

नवीन - वह कैसे।

विनय - tattoo शब्द टोटम शब्द से बना है, और यह वास्तविकता में किस सभ्यता ने चलन में लाया था यह बताना कठिन है।

वैसे हम कह सकते हैं कि भारत में यह लंबे समय से चला आ रहा है क्योंकि भारतीय आदी वासी समाज लंबे समय से टोटम करते आ रहे हैं।

कालांश समाप्त होता है विनय - अच्छा तो बच्चों आज के लिए इतना ही।

सारे विद्यार्थी कक्षा से बाहर निकलते हैं।

अजय का phone बजता है, वह phone पर आई call को receive करता है।

अनीता - अजय, तुम्हारे पिताजी बाहर जा रहे हैं पता है न।

अजय - हाँ माँ क्या वे निकल रहे हैं? अनीता - हाँ वे बस निकलने ही वाले हैं तुम जल्दी आ जाओ।

अजय - ठीक है मैं थोड़ी देर में आया।

नवीन - क्या हुआ यार घर जा रहा है क्या? अजय - हाँ मेरे पिताजी बाहर जा रहे हैं उन्हें मैं हवाई अड्डे तक छोड़ कर आता हूँ।

नवीन - ठीक हैं तो मिलते हैं कल मैं भी घर जा रहा हूँ।

अजय अपनी bike लेकर निकल पड़ता है।

रास्ते में bike पर चलते-चलते अजय यहीं सोचता है कि जो मैंने देखा क्या वह मेरी कल्पना मात्र थी या किसी भावी घटना की सूचना, अगर यह किसी घटना की सूचना थी तो मैं इसका समाधान कैसे करूंगा, क्या मैं पिताजी को जाने से रोक दूँ, लेकिन मैं क्या कहूंगा, कि मैंने कोई स्वप्न देखा है इस लिए कोई दुर्घटना होने वाली है इस लिए मत जाइए, क्या यह मेरे सामर्थ्य को पहचानने का कोई कारण है, मुझे अपने सामर्थ्य से ही कोई समाधान करना होगा।

अजय घर पहुँच जाता है।

अनीता - अजय तुम गाड़ी तैयार कर लो मैं तब तक तुम्हारे पिताजी के कपड़े निकाल तैयार कर लेती हूँ।

अजय - ठीक है माँ बाहर जाकर मैं गाड़ी साफ कर लेता हूँ।

अजय के phone पर विजय का call आता है अजय receive करता है।

अजय - हाँ बोल भाई।

विजय - माँ बता रही थी कि पिताजी बाहर जा रहे हैं। अजय-
हाँ जा रहे हैं मैं उन्हें हवाई अड्डे तक छोड़ दूंगा।

विजय - चल ठीक है मैं phone रखता हूँ।

राकेश सामान लेकर बाहर आता है।

राकेश - गाड़ी चालू करो।

अजय गाड़ी चालू करता है।

राकेश दरवाजा बंद कर देता है।

हवाई अड्डे पर राकेश अपने boarding passes देखने
लगता है।

तलाशी होने लगती है राकेश अपना सामान तलाशी के लिये
दे देता है।

तलाशी हो जाने पर राकेश सामान वापस ले लेता है।

अजय सामान उठाकर राकेश के साथ चलता है।

अजय - वैसे पिताजी आप विमान से ही क्यों जा रहे हैं?

राकेश - स्पष्ट है क्योंकि विमान से जल्दी पहुँच जाऊंगा, वैसे
यह प्रश्न क्यों कर रहे हो?

अजय - कुछ नहीं बस ऐसे ही।

राकेश - हाँ जानता हूँ कि तुम विमान से थोड़ा डरते हो, लेकिन दुर्घटना तो train से भी हो सकती है।

अजय - हाँ हो तो सकती है, लेकिन अंतर केवल इतना है कि विमान में होने वाली घटना बहुत भयानक होती है और train में हम तो धरती पर ही होते हैं, विमान के बारे में तो सोचकर ही भयभीत हो जाता हूँ क्योंकि वह इतनी उँचाई पर होता है।

राकेश - मेरा विमान आ गया चलो मैं अब चलता हूँ।

अजय - हाँ मैं भी अब निकलता हूँ।

राकेश विमान के अंदर जाता है, परिचारिका राकेश को उसकी seat दिखाती है।

राकेश जाकर बैठ जाता है।

थोड़ी देर में विमान उड़ने लगता है।

आधा एक घंटे बाद आकाश में मौसम बिगड़ने लगता है। अजय गाड़ी धीरे-धीरे चला रहा है वह सोच रहा है कि कब वह समय आएगा जब उसे वहाँ जाना होगा।

विमान थोड़ा डगमगाने लगता है। लोग घबराने लगते हैं। परिचारिका, लोगों को ढाडस बंधाने लगती हैं।

कुछ समय बाद विमान अपना संतुलन खो देता है।

लोग चिल्लाने लगते हैं परिचारिकाएं लोगों को समझाती हैं कृपया आप सब शांति से बैठें यह केवल मौसम की गड़बड़ी के कारण हो रहा है, आपको चिंतित होने की आवश्यकता नहीं है।

थोड़ी देर बाद विमान अपना पूरा संतुलन खो देता है।

अजय गाड़ी में बैठा है वह वहाँ से अंतरध्यान हो जाता है, और रूप बदलकर विमान के सामने प्रकट हो जाता है।

विमान चालक रडार पर देखता है कि कोई एक बहुत ही विशाल मानव विमान को दोनों हाथों से संभाल रहा है।

वह समझ नहीं पाता कि उसे आश्चर्य होना चाहिए या घबराना चाहिए, लेकिन विमान चालक यह सोचकर प्रसन्न था कि परिस्थिति अब नियंत्रण में हैं।

सभी बहुत खुश होते हैं।

राकेश - बड़ा विचित्र है। परिचारिका- क्या हुआ। राकेश - यह विमान इतनी जल्दी कैसे संतुलन में आ गया।

परिचारिका - इस बात से तो मैं भी अचंभित हूँ।

विमान में घोषणा होती है कि सारे यात्रिगण अब निश्चित हो जाए क्योंकि अब हम सुरक्षित अपने गन्तव्य तक पहुँचने वाले हैं।

किसी महा मानव ने इस विमान को संभाल लिया है हम सब उस महा मानव को धन्यवाद करते हैं।

अजय वहाँ से अंतरध्यान होकर वापस गाड़ी में प्रकट हो जाता है।

अजय घड़ी में समय देखता है तो उसे घर से निकले लगभग दो घंटे हो गए थे वह वेग के साथ गाड़ी दौड़ाता है, और घर पहुँचता है।

अनीता - अभी मैं तुम्हें phone करने वाली ही थी सोच रही थी कि इतनी देर क्यों हो गई।

अजय - कुछ नहीं वह थोड़ा trafic में फंस गया था इस लिए देर हो गई।

अजय हाथ मुंह धोकर बाहर टहलने के लिए चला जाता है।

बच्चे गेंद खेल रहे थे एक बच्चा जोर से गेंद मारता है तो गेंद एक पेड़ के बहुत ऊपर जाकर अटक जाती है बच्चे निराश हो जाते हैं कि अब उनकी गेंद नहीं निकलनी वाली, वे निराश बैठे रहते हैं, वे एक दूसरे को कोस रहे होते हैं।

अजय यह सब देख रहा होता है, वह एक चबूतरे पर बैठा होता है।

उसी पेड़ पर जिस पर गेंद अटक जाती है एक चिड़िया बैठी होती है, अजय उस चिड़िया तक दूरभुती (telepathy) के माध्यम से अपनी बात पहुँचाने का प्रयास करता है, अजय उस तक संदेश पहुँचाता है कि जहाँ तुम बैठी हो वहाँ जो गेंद है उस गेंद को गिरा दो।

चिड़िया उसकी बात समझ जाती है, और गेंद को गिरा देती है।

बच्चे खुश हो जाते हैं, बच्चों को खुश देखकर अजय को भी खुशी होती है।

अजय इस बार कुछ नया सीख पाता है।

बच्चे आपस में बातें करते हैं अरे यार हमने तो सोचा कि गेंद मिलेगी ही नहीं दूसरा कहता है कि अरे मिल गई न बहुत अच्छी बात है, चलो अब कोई जादा ऊपर नहीं मारेगा, एक कहता है हाँ यार जादा जोर से नहीं मारना, वैसे भी अब रात होने वाली है, गेंद तो दिखेगी भी नहीं।

अविनाश घर पर TV पर देख रहा है कि एक समाचार प्रसारण सेवा पर दिखाया जा रहा है कि मुंबई से बैंगलोर जा रहा एक विमान मौसम की खराबी के कारण दुर्घटना ग्रस्त होने वाला था, लेकिन किसी महामानव ने उस विमान को बचा लिया।

यही घटना internet पर भी बहुत ही प्रचलित होने लगी।

अविनाश phone लेकर अजय के पास आता है, अविनाश - देखो अजय यह क्या है? अजय - यह क्या है? अविनाश - तुम्हे लगता है कि ऐसा भी कुछ हो सकता है? अजय - जब दिखा रहे हैं तो होगा ही।

अविनाश - बात को मत घुमाओ यार मैं पुछ रहा हूँ।

अजय - हाँ यार वैसे सच कहूँ तो यह बात बहुत ही अविश्वसनीय लगतीं है कि ऐसा भी कुछ हो सकता है।

अविनाश - चलो कम से कम तुमने अपना मत तो दिया।

इधर विमान चालक का साक्षातकार हो रहा है पत्रकार प्रश्न पूछ रहे हैं।

आपने सच में उसे देखा? विमान चालक- जी हाँ केवल मैंने ही नहीं बल्कि मेरे साथ जितने भी यात्री बैठे थें उन्होंने भी देखा था।

पत्रकार - हमें विस्तार से बताइए क्या हुआ था?

विमान चालक - हमारा विमान मौसम की गड़बड़ी के कारण संतुलन खो बैठा था हम सब घबरा गए थे कि अब क्या होगा बहुत से लोगों ने तो अपने किए गए पापों के लिए क्षमा भी मांगना शुरू कर दिआ, क्योंकि उन्हें लग रहा था कि अब वे नहीं बचने वाले, लेकिन अचानक वह आया और उसने विमान को ऐसे संभाला कि जैसे कोई बच्चा किसी खिलौने को पकड़ रहा हो।

और देखते देखते ही हमारा विमान संभल गया।

पत्रकार - ये थें श्री नरेश जो कि मुंबई से दिल्ली जाने वाले विमान को उड़ाने वाले विमान चालक हैं।

यहीं साक्षातकार अनीता घर में TV पर देख रही है।

अनीता - इस विमान में तो तुम्हारे पिताजी गए थें न? विजय - हां इसी विमान में बैठकर गए थें।

अनीता - जरा phone लगाकर पूछों कैसे हैं तुम्हारे पिताजी।

विजय phone लगाता है।

राकेश - हाँ मैं पहुँच गया हूँ माँ को बता देना। विजय - पिताजी आप खुद ही माँ से बात कर लो।

विजय अनीता को phone देता है।

अनीता - यह TV पर क्या दिखा रहे हैं?

राकेश - वह मैं बाद में बताऊँगा मैं अभी हवाई अड्डे पर हूँ जब कमरे में पहुँचूँगा तब बताऊँगा, हाँ लेकिन इतना बता सकता हूँ कि वह जो भी दिखा रहे हैं वह सब सत्य है।

इतना कह कर राकेश phone रख देता है।

अनीता - यह अजय कहाँ चला गया।

विजय - कहाँ होगा यहीं भटक रहा होगा।

भंते-प्रज्ञा-श्री के विहार में सारे शिष्य भोजन करके अब सोने जा रहे हैं।

तेज सोने की कोशिश कर रहा है, लेकिन उसे नींद नहीं आ रही है, वह अपनी शैया से उठकर बैठ जाता है, और ध्यान की मुद्रा में बैठ जाता है।

भंते-प्रज्ञा-श्री उसके कक्ष के पास से गुजरते हैं।

भंते-प्रज्ञा-श्री - सो जाओ तेज, प्रातः शिघ्र उठना भी है कल सुबह के लिए अपनी उर्जा बचाकर रखो।

तेज - भंते, मुझे नींद नहीं आ रही थी और मैं सोने की कोशिश भी कर रहा था इस लिए मैंने सोचा कि मैं ध्यान लगा लूँ।

भंते-प्रज्ञा-श्री - कुछ चीजें स्वतः होती हैं, उन्हें करने की कोशिश नहीं करनी चाहिए तुम।

सोने की कोशिश मत करो बस केवल लेट जाओ निंद अपने आप आ जाएगी।

तेज - सही कहाँ भंते मैं यह बात भूल गया था, अब मैं सोने का व्यर्थ प्रयास नहीं करुंगा।

भंते-प्रज्ञा-श्री - अच्छा है कि तुम इस बात को समझ गए।

अजय ध्यान लगाते-लगाते गहनता में चला जाता है, तेज भी ध्यान लगाते-लगाते ध्यान की उसी अवस्था में चला जाता है, जिस अवस्था में अजय पहुंचता है।

अनायास ही दोनों एक दुसरे से संपर्क साध लेते हैं।

अजय - कौन हो तुम? और क्यों हो मेरे ध्यान में? यही प्रश्न तेज करता है।

अजय - लगता है हम दोनों का यहाँ मिलना किसी घटना का संकेत है।

तेज - हाँ हो सकता है, लेकिन वह घटना क्या होगी।

अजय- वह तो हमें पता लगाना होगा।

तेज - तुम्हारा आभामंडल तो मुझ से भी तेज है, तुम भविष्य के बारे में पता कर सकते हो।

अजय - यदि ऐसा है तो मैं इसके बारे में पता अवश्य करुंगा।

और तभी दोनों का संपर्क टूट जाता है।

college की canteen (तामलोट) में छात्र छात्रा जमा हैं, वे सभी किसी विषय पर चर्चा कर रहे हैं।

प्रकाश phone लेकर नवीन के पास आता है।

प्रकाश - नवीन देखो यह क्या है।

नवीन - हाँ यार यह तो मैंने भी देखा है।

प्रकाश - सोचो यदि वह नहीं होता तो कितने लोग बे मौत मारे जाते, भला हो उस महामानव का, जिसने इतने लोगों की जान बचाई है।

नवीन - यार हम क्या उसका भला करेंगे बल्कि उसने इतने सारे लोगों का भला किया है, बल्कि मैं तो प्रार्थना करुंगा कि वह बस ऐसे ही उन सब लोगों की सहायता करता रहे, जो प्रतिकूल परिस्थितियों में अपनी सहायता करने में असमर्थ हैं।

प्रकाश सही कह रहे हो यार तुम।

canteen वाला - भैया यह लो आपका समोसा।

नवीन - धन्यवाद भई चंदू, तुम समोसे बहुत बड़ियाँ बनाते हो।

चंदू - बस भैया यह तो कला है, कोई कैसा बनाता है तो कोई कैसा बनाता है, और वैसे भी यह तो अपना अपना स्वाद है, किसी को किसी के हाथ के समोसे पसंद आते हैं तो किसी को किसी के हाथ के समोसे पसंद आते हैं।

नवीन - किसी को किसी के हाथ के भी समोसे पसंद आते हो, लेकिन मुझे तुम्हारे हाथ के समोसे पसंद आए, और यह बात मैंने दिल से बोली है।

अजय bench से जाने के लिए उठने लगता है।

नवीन - क्या यार जा रहे हो।

अजय - हाँ यार निकलता हूँ।

नवीन - तो पैदल ही जाएगा क्या।

अजय - हाँ, गाड़ी खराब हो गई है दुरुस्त करने के लिए दी है कल तक ठीक हो जाएगी।

नवीन - चल ठीक है, अब मैं भी निकलता हूँ।

अजय प्रथम द्वार से निकलता है।

रास्ते में उसे कुछ खाने का मन करता है, वह एक चाए की टपरी पर रूक जाता है।

वहाँ प्रियंका अजय को देख लेती है।

प्रियंका - भैया, आप आज गाड़ी नहीं लाए?

अजय - दरअसल मेरी गाड़ी खराब हो गई है तो दुरुस्त करने के लिए दी है कल तक ठीक हो जाएगी।

प्रियंका - मैं आप को घर तक छोड़ देती हूँ।

अजय - तो तुम्हारा भी college खतम हो गया क्या?

प्रियंका - हाँ मैं भी घर ही जा रही थी रास्ते में आपको देखा तो रुक गई।

टपरी से खा पी कर अजय प्रियंका की गाड़ी पर बैठ जाता है।

दोनों घर पहुँचते हैं।

अनीता अजय को देख कर- तुम्हें किसने घर तक छोड़ा?

अजय - माँ रास्ते में नवीन की बहन प्रियंका मिल गई उसने घर तक छोड़ा।

अनीता - कहाँ है वह।

प्रियंका - काकी नमस्ते।

अनीता - कैसी हो बेटी कैसी चल रही है पढ़ाई?

प्रियंका - काकी पढ़ाई तो अच्छी चल रही है।

अनीता - बेटा तुम्हारा भाई तो दिखता ही नहीं आजकल, क्या कर रहा है वह, लगता है बहुत व्यस्त हो गया है।

प्रियंका - यह बात कहुंगी मैं भैया से कि काकी शिकायत कर रही थी।

अनीता - नहीं बेटा बच्चों से कैसी शिकायत, मैं तो इस लिए कह रही थी क्योंकि लगा कि अजय के दोस्तों में से नवीन कहाँ गायब हो गया।

प्रियंका - नहीं काकी भैया कहाँ गायब होंगे बस उन्हें याद नहीं आता, college में मिलते ही रहते हैं तो शायद इस लिए घर आने का कोई कारण नहीं मिलता होगा।

अनीता - ठीक है तुम बैठो मैं तुम्हारे लिए चाय लेकर आती हूँ।

प्रियंका - नहीं काकी चाय नहीं इतनी दोपहर में चाय नहीं पीती हूँ।

अनीता - तो बेटा फिर तो खाना ही खाने को मिल सकता है, वैसे तुमने कुछ खाया कि नहीं?

प्रियंका - टपरी पर भैया के साथ एक समोसा खा लिया था।

अनीता - तुम रुको बस रोटी बनानी ही बाकी है।

प्रियंका संकोच करते हुए - काकी।

अनीता - क्यों हमारे घर खाने में संकोच कैसा, तुम रुको।

प्रियंका - ठीक है काकी।

प्रियंका आंगन में टहलने लगतीं है, वह अपने उपकरणों को साथ में रखती है।

अचानक उसके ऊर्जा जाँचक यंत्र पर कुछ संकेत मिलता है।

प्रियंका - लगता है कि यहाँ कोई शक्ती है, जो दिखाई नहीं देती, वह अजय को बुलाती है, भैया, अजय- क्या हुआ। प्रियंका - क्या आपके घर में कोई और भी है, जिसके बारे में आपको पता नहीं है।

अजय - नहीं तो, ऐसा क्यों बोल रही हो।

प्रियंका - चलिये मैं आपको कुछ दिखाती हूँ।

वह अपने उपकरण पर मिल रहे एक संकेत को दिखाती है।

प्रियंका - देखिए यह यंत्र आस पास यदि कोई उर्जा है, उसकी उपस्थिति दिखाता है।

अजय - क्या ऐसा कुछ कर सकती हो, जिसके माध्यम से हम उससे बात कर सके।

प्रियंका - यदि वह उर्जा हमारे लिए घातक हुई तो।

अजय - मुझे नहीं लगता कि वह हमारे लिए घातक हो सकती है, क्योंकि यदि ऐसा होता तो अबतक वह हमें नुकसान पहुँचा चुंकी होती।

प्रियंका - बात तो आप सही कह रहे हैं।

अजय - तो तुम ऐसा करो कल अपने college से जल्दी छुट्टी लेकर आ जाओ, मैं भी जल्दी छुट्टी लेकर आ जाता हूँ। माँ की shift school से दो बजे तक रहती है, हम साढ़े बारा बजे तक आ जाएंगे।

प्रियंका - यह सही रहेगा।

अनीता - अजय, प्रियंका खाना खा लो।

अजय - तो ठीक है कल मिलते हैं।

प्रियंका - हाँ।

दोनों हाथ मुंह धोकर खाना खाने बैठ जाते हैं।

प्रियंका - कैसा चल रहा है आपका school काकी?

अनीता - अच्छा चल रहा है।

प्रियंका - आपको भी मजा आता होगा बच्चों को पढ़ाने में।

अनीता - हाँ बेटा मजा तो आता है, लेकिन कई बार बच्चे तो हमारे भी बाप निकलते हैं।

प्रियंका - मतलब।

अनीता - वो कई बार ऐसे बहानें बनाते हैं, कि हम भी सोच में पड़ जाते हैं कि ऐसे उपाय इनके दिमाग में आते कैसे हैं।

प्रियंका - यही रचनात्मकता है काकी, बस अंतर केवल इतना है कि कोई इसे कैसे उपयोग में लाता है।

अनीता - हाँ बेटा इस आयु में ही दिमाग रचनात्मक होता है, बच्चें समझ जाए तो कि उन्हें क्या करना है, तो उनका जीवन सवर जाए।

प्रियंका - काकी खाना बहुत ही अच्छा था, मैं हाथ धोकर आती हूँ।

वह मेज से उठ जाती है और रसोई की ओर जा कर बरतन धोने लगती है।

अनीता - अरे बेटा रहने दो मैं कर लुंगी।

प्रियंका - नहीं काकी कोई बात नहीं।

और वह अपने बरतन धो देती है।

प्रियंका के phone पर ring बजती है, वह call receive करती है।

प्रियंका - हाँ माँ क्या हुआ?

शांता - तुम घर कब आ रही हो?

प्रियंका - माँ दरअसल मैं अजय भैया के घर हूँ, क्षमा करना मैंने आपको बताया नहीं।

शांता - यह बात तुम phone कर के बता सकती थी न।

प्रियंका - दरअसल माँ मैंने खाना खा लिया है।

शांता - खाना खा लिया?

प्रियंका - हाँ माँ खा लिया।

अनीता - कौन है, तुम्हारी माँ का phone है क्या?

प्रियंका - हाँ काकी, माँ पूछ रही है कि खाना खा लिया कि
नहीं?

अनीता - जरा मुझे phone दोना।

प्रियंका अनीता को phone पकड़ा देती है, अनीता शांता से
बात करने लग जाती है, प्रियंका वहाँ से चली जाती है।

वह दौड़कर अपने उपकरणों के साथ छत पर जाती है, वहाँ
देखने का प्रयास करती है कि क्या वह चीज, जिसे वह
अपने उपकरण के माध्यम से ढूंढने का प्रयास कर रही
थी, क्या अभी भी है या नहीं।

उसे दिखता है कि वह चीज बहुत ऊर्जावान है।

वह दौड़कर अजय को बुलाती है।

प्रियंका - भैया देखो, ऐसा लगता है कि यह कोई शक्ती
शाली जीव है।

अजय - तुम्हारे इस यंत्र पर यह रेखा इतनी गहरी लाल क्यों है?

प्रियंका - क्योंकि जो ऊर्जा जितनी शक्तिशाली होगी, यह रेखा उतनी ही गहरी लाल होगी।

अजय - क्या हम उस जीव से बात नहीं कर सकते?

प्रियंका - हाँ कर सकते हैं।

अजय - कैसे?

प्रियंका - जानवर हमारी भाषा नहीं बोल सकते, लेकिन हमारे मस्तिष्क से निकलने वाली तरंगें लगभग एक जैसी ही होती है, जिसे दूसरा मस्तिष्क समझ सकता है, हम अपने मस्तिष्क की तरंगे उस जीव तक पहुंचा दे तो वह हमारी बात समझ सकता है, और उसके मस्तिष्क की तरंगो को हम अनुवाद कर के अपनी भाषा में परिवर्तित कर के बातचीत को जारी रखेंगे।

अजय - तुम तो सच में कमाल हो।

प्रियंका - इसी लिए मैं एक खोज करता और विज्ञान की छात्रा हूँ।

अनीता - प्रियंका यह लो तुम्हारा phone, आज बहुत दिनों बात शांता जी से बात हुई है।

प्रियंका - काकी मैं चलती हूँ।

अनीता - bye बेटा।

प्रियंका - bye काकी।

वह गाड़ी पर बैठकर निकल जाती है।

प्रियंका - माँ आज मुझे थोड़ी देर हो सकती है, मैं खाना थोड़ा देर से खाऊंगी।

शांता - कितनी देर लगेगि?

प्रियंका - नौ बज सकते हैं, मैं आपको बता दुंगी।

वह कमरे का दरवाजा बंद कर देती है। प्रियंका देखती है कि उसके पास ऐसा क्या क्या समान है, जिनका उपयोग करके वह अपने यंत्र को बना सकती है। थोड़ा इधर उधर छान बीन करने के बाद उसको कुछ आवश्यक समान मिलता है, जिनका उपयोग करके वह अपने यंत्र को बना सकती है। वह अपने कुछ notes पढ़ती है, जिनकी

सहायता से वह अपने आविष्कार को तैयार कर सकती है।

लगभग दो घंटे बाद प्रयास करने के बाद उसे अपने यंत्र को बनाने का तरिका मिल जाता है। वह जुट जाती है।

वह सोचती है कि मैं किसपर इसका प्रयोग करुंगी?

उसका यंत्र लगभग आधा बन गया होता है, वह बाहर निकलती है।

शांता - तुमने तो कहा था कि तुम्हें देर होगी तुम तो जल्दी आ गई।

प्रियंका - हाँ माँ देर तो होगी ऐसा मैंने कहा था, बस लगभग मेरा काम हो ही गया है।

वह घर के बाहर निकलती है, देखती है कि कोई जीव मिल जाए जिस पर इसका प्रयोग किया जाए।

थोड़ा ढुंडने के बाद उसे एक कुत्ता दिखाई देता है।

उसकी तरफ वह अपने यंत्र का antenna कर देती है।

वह सोचती है कि यह कुछ बोले कि जिसे वह सुन सके।

वह उस कुत्ते की तरफ torch से light करती है।

कुत्ता भौंकने लगता है।

उसके भौंकने का अनुवाद वह अपने यंत्र पर सुनती है।

कौन है, जो मेरी आंख पर यह कर रहा है।

यंत्र पर आवाज बहुत अस्पष्ट आती है।

वह समझ जाती है कि अब बस थोड़ा ही काम बाकी है।

प्रियंका अजय को phone करती है।

प्रियंका - भैया मेरा आविष्कार सफल हो गया बस थोड़ा ही काम बाकी है।

अजय - बहुत अच्छे तुम इसे पूरा करो हम कल अपना काम करेंगे।

प्रियंका - हाँ, जैसे ही मेरा आविष्कार पूरा होता है मैं आपको बताती हूँ, और हम कल मिलते हैं।

अजय - ठीक है, शुभ-रात्रि।

अजय सोचता है क्या मैं उस जीव से बात कर सकता हूँ, यदि कर सकता हूँ और मैंने बात कर ली तो प्रियंका को क्या

कहूंगा, क्या यह कहूंगा कि मैंने उस जीव से बात की है, मगर कैसे मैं उससे बात कैसे कर सकता हूँ उसे तो पता भी नहीं है कि मैं ऐसा कर सकता हूँ।

या बातों बातों में उस जीव ने कुछ ऐसा कह दिया, जिससे प्रियंका को मेरे विषय में पता लग गया, तो क्या होगा?

क्या प्रियंका के लिए यह सब जानना सही होगा?

मुझे समझ नहीं आ रहा कि मैं क्या करू?

अजय ध्यान में बैठ जाता है।

ध्यान में वह भंते चंद्र-मणी से दूरभूति साधता है।

भंते-चंद्र-मणी - क्या हुआ अजय? लगता है बड़ी दुविधा में हो।

अजय - हाँ भंते आज सच में मैं बहुत ही बड़ी दुविधा में हूँ, समझ नहीं आ रहा कि मैं क्या करू?

भंते-चंद्र-मणी - जब हम किसी रहस्य को छिपाने का प्रयास करते हैं, तो हमें अनेक असत्य बोलने पड़ते हैं, कौनसा रहस्य छिपाकर रखना है और कौनसा उजागर होने देना

है, यह इस बात पर निर्भर करता है कि उस रहस्य को जानने वाला क्या प्रतिक्रिया करेगा, मुझे लगता है कि तुम्हें तुम्हारे प्रश्नों का उत्तर मिल गया होगा।

अजय - हाँ भंते मैं अब समझ गया।

इसके बाद अजय और भंते-चंद्र-मणी के बीच दूरभूति समाप्त हो जाती है।

अजय प्रियंका को संदेश करता है।

अजय - क्या हम अपने मस्तिष्क से उस जीव से बात नहीं कर सकते।

प्रियंका के phone पर message tone बजता है, वह अजय का भेजा हुआ संदेश पढ़ती है।

प्रियंका - हाँ बिल्कुल कर सकते हैं, यदि हमारे पास ध्यान की शक्ती हो तो हम बेशक कर सकते हैं, मुझे लगता है कि आप शायद कर सकते हैं।

अजय चौंक जाता है प्रियंका को कैसे पता कि मैं ऐसा कर सकता हूँ।

अजय - तुम्हें ऐसा क्यों लगता है कि मैं ऐसा कर सकता हूँ?

प्रियंका लिखती है।

प्रियंका - क्योंकि भैया मेरे यंत्र पर आपके आभामंडल की उर्जा का स्तर बहुत अधिक था, पता नहीं आप शायद बहुत अधिक ध्यान करते हैं या और कुछ, लेकिन मुझे लगता है कि यदि आप थोड़ा प्रयास करे तो आपको इस यंत्र की आवश्यक्ता नहीं।

अजय लिखता है।

अजय - यदि तुम्हें इतना कुछ पता है तो तुमने मुझसे पहले कभी कुछ कहा क्यों नहीं।

प्रियंका लिखती है।

प्रियंका - पहली बात तो यह कि मुझे लगा कि शायद आप को यह जानकर अच्छा न लगे कि मैं आपके बारे में इतना कुछ जानती हूँ, दूसरी बात यह कि मैं उस जीव के विषय में अपने तरीके से जानना चाहती हूँ।

अजय अब थोड़ा निश्चिंत हो जाता है कि शायद प्रियंका अन्य की तरह नहीं सोचती, तो उससे छिपाने की आवश्यक्ता नहीं है।

महाविद्यालय में, प्राध्यापक प्रदीप।

प्रदीप- आने वाले प्रदर्शन समारोह में कौन कौन क्या क्या दिखाने वाला है?

अरुण - sir, मैं वायु शुद्धिकरण पर अपना आविष्कार दिखाने वाला हूँ।

प्रदीप - जरा समझाने का प्रयास करोगे कि तुम्हारा यह आविष्कार कैसे काम करता है?

अरुण - हाँ sir, जैसे हम वातानुकूलित- (air condition) लगाते समय कमरे को पुरी तरह बंद कर लेते हैं ताकि वातानुकूलित द्वारा की गई ठंडी या गरम हवा बाहर न जाए वैसे ही इस यंत्र को कमरे में लगाना है और कमरा पूरी तरह बंद कर देना है, यह यंत्र बाहर से हवा को खीचकर उस हवा में से अशुद्ध तत्वों को निकालकर कमरे में केवल शुद्ध हवा ही भेजता है।

प्रदीप - और कोई कुछ और दिखाना चाहता है?

कमल - हाँ sir, मैंने एक ऐसा scanner बनाया है, जो आप इसे जहाँ रख देंगे वहाँ की स्थिती आपको बता देगा,

आपको यदि कमर में दर्द हो रहा है तो यदि आप इसे अपनी कमर के उपर रख देंगे और scan करेंगे तो आपको, यह दिखा देगा कि आपकी कमर में क्या क्या गतिविधि चल रही है, और यह, यह भी बताएगा कि किन किन कारणों से यह कमर दर्द आपको हुआ है और किस तरह का आहार लेने से आपकी कमर का दर्द जा सकता है।

प्रदीप - तुम्हारा यह आविष्कार मुझे पसंद आया, लोगों को अकसर स्वास्थ्य संबंधी समस्याएँ होती हैं और हर बार वे चिकित्सक के पास नहीं जा सकते, तो ऐसी स्थिति में यह यंत्र कारगर सिद्ध हो सकता है।

एक एक करके अनेक विद्यार्थी अपने आविष्कार दिखाते रहते हैं।

थोड़ी देर बाद प्रियंका की बारी आती है।

प्रदीप - प्रियंका, तुम क्या दिखाने वाली हो?

प्रियंका - sir, मैं।

प्रियंका के phone पर message tone बजती है।

वह अपना phone देखती है तो अजय ने लिखा होता है कि मैं निकल रहा हूँ तुम जल्दी आ जाओ।

प्रियंका लिखती है मैं जल्दी आ रही हूँ बस थोड़ा रुक जाओ।

प्रदीप - प्रियंका, बोलो क्या दिखाने वाली हो?

प्रियंका - sir, मैंने एक ऐसा यंत्र बनाया है, जो किसी भी पदार्थ को देखकर उसकी नकल करके उसके जैसा पदार्थ बना सकता है।

प्रदीप - इसे जरा समझाने का प्रयास करोगी?

प्रियंका - हाँ sir, आपके पास वह जो कागज रखा है वो दिजिए।

प्रदीप कागज उठाकर देता है।

प्रियंका उस कागज को अपने यंत्र पर रखती है, यंत्र में से एक प्रकाश निकलता है और प्रियंका कागज को हटा देती है।

प्रियंका - अब देखिये sir, थोड़ी देर बाद यह यंत्र उस कागज की नकल करके एक और कागज बना देगा, वह भी बिल्कुल उसी कागज जैसा।

और थोड़ी देर बाद वह यंत्र बिल्कुल उसी कागज जैसा एक और कागज बना देता है।

प्रदीप - तुम्हारा आविष्कार तो सच में गजब है, जरूरत के समय चीजों की कमी पड़ने पर यह बहुत ही काम आ सकता है, ठीक है आप सब अपनी class में जाओ मैं सोचकर बताऊँगा की किसका आविष्कार हम प्रदर्शन के लिए लेने वाले हैं।

प्रियंका - sir, मैं घर जाना चाहती हूँ।

प्रदीप - क्यों क्या हुआ?

प्रियंका - दरअसल मुझे कुछ ठीक नहीं लग रहा तो थोड़ा घर जा कर आराम करना चाहती हूँ।

प्रदीप - ठीक है, तुम घर जा कर आराम करो।

प्रियंका अपनी गाड़ी लेकर तेज़ी से निकल जाती है।

प्रदीप - लगता है यह बहुत ही जल्दी में थी।

अजय auto कर के घर के लिए निकल जाता है।

प्रियंका और अजय दोनों घर पहुँचते हैं।

अजय - जल्दी करो, माँ के आने से पहले हमें अपना काम कर लेना है।

प्रियंका - हाँ कर रही हूँ।

वह अपने उपकरण को निकालती है, देखने का प्रयास करती है कि वह जीव, जिसे उसने उस दिन देखा था वह कहाँ है।

वह जीव उसे छत पर दिखाई देता है वह छत की तरफ जाती है, अजय भी उसके साथ छत पर जाता है।

अजय की घर की छत पर एक विचित्र जीव अजय को दिखाई देता है।

अजय - देखो वह है।

प्रियंका - यह तो बड़ा ही अनोखा है।

वह जीव देखने में किसी गुड़िया जैसा लग रहा था, उसकी आंखें चमक रही थी, दोनों को देखकर वह जीव अपनी भाषा में कुछ कहने लगा।

अजय - प्रियंका, जरा अपने यंत्र से सुनने का प्रयास करो कि वह जीव क्या कह रहा है।

प्रियंका अपना यंत्र निकालती है।

परग्रही - हमारी सहायता करो अजय, हमें तुम्हारी सहायता की आवश्यक्ता है।

अजय - कैसी सहायता।

परग्रही - हमारा ग्रह संकट में है।

अजय - कैसा संकट?

परग्रही बताना शुरू करता है।

लगभग 50 वर्षों पहले, परग्रही के ग्रह पर कुछ लोग एक अभियान शुरू करते हैं, उनका उद्देश्य रहता है कि अन्य ग्रहों पर जीवन की तलाश करना, और यह जानने की कोशिश करना कि इस ब्रम्हांड में कितने प्रकार के जीव हो सकते हैं, और प्रकृति कितने समर्थ और सक्षम जीवों की रचना कर सकती है।

यान चालक - मैं तैयार हूँ।

कप्तान - तो ठीक है, अब हम गिनती शुरू करने जा रहे हैं, मेरे चालू करो कहते ही तुम इंजन चालू कर देना।

यान चालक - ठीक है।

कप्तान - 1, 2, 3 चालू करो।

यान चालक इंजन चालू कर देता है।

कप्तान देखता है कि सारे यंत्र ठीक-ठीक काम कर रहे हैं या नहीं।

रडार पर बैठी महिला - कप्तान आपकी यात्रा सुखद हो।

कप्तान हम जल्दी आएँगे।

रडार पर बैठी महिला- मुझे भी पूरा भरोसा है आप पर।

कप्तान - भरोसा करने के लिए धन्यवाद।

यान चालक - क्या हम चले कप्तान?

कप्तान - हाँ अब आगे बढ़ते हैं।

यान में बैठे सभी वैज्ञानिक - आप निश्चिंत रहे कप्तान हम अवश्य ही सफल होंगे।

कप्तान - आपका यही भरोसा मुझे चाहिये था, मेरे सह यात्रियों, चलो चालक अब आगे बढ़ते हैं।

यान चालक - जी कप्तान।

यान धिरे-धिरे आगे बढ़ते हुए अपनी गति पकड़ता है।

अब यान लग भग ध्वनि की गति तक पहुंच जाता है।

और धीरे धीरे वह ध्वनि की गति को भी पार कर लेता है।

इस तरह समय बीतता जाता है दिन से महिने और साल हो जाते हैं।

दस साल बाद।

यान चालक विश्राम गृह में विश्राम कर रहा है।

यान का (निर्माण परिचालन अंतरण-bot) - कप्तान यहाँ से लगभग पाँसों मील दूर एक ग्रह मिला है, यहाँ कुछ जीव के रहने की संभावना दिखती है, क्या मैं यान को वहाँ मोड़ दूँ?

कप्तान - क्या तुम वहाँ के जीवों के बारे में कुछ और जानकारी दे सकती हो वाणी?

वाणी - जी कप्तान, वे जीव हमारी तरह उन्नत तो नहीं हैं, लेकिन वे अत्यंत शक्तिशाली हैं, किसी भी प्रतिद्वंदी का सामना कर सकते हैं, प्रकृति ने उन्हें कुछ विषेष शक्तिय

प्रदान की हैं, वे बिजली गिराकर या शत्रु के चारों ओर जाल बनाकर उन्हें बंदी बना सकते हैं।

एक महिला वैज्ञानिक - कप्तान मुझे लगता है कि हमें उनके ग्रह पर नहीं जाना चाहिए।

कप्तान - सार, यदि हम उनके बारे में जान जाएंगे तो हो सकता है कि हम उनकी तकनीक को प्रयोग करके अपने ग्रह के लिए उन्नत शस्त्र बना सकते हैं।

सार - लेकिन फिर भी मुझे ऐसा लगता है कि हमें उस ग्रह पर नहीं जाना चाहिए।

कप्तान - तुम निश्चिंत रहो सार, हम सुरक्षित लौट आयेंगे।

सार - मुझे गलत मत समझना कप्तान, मैं बस अपने सहयोगियों की चिंता के कारण बोल रही हूँ, बाकी हमें आपपर विश्वास है।

कप्तान - आप सब अपने कवच धारण कर लो, हम सब उस ग्रह पर जाने वाले हैं, और अपने उपकरण भी तैयार कर लो, वाणी, यान उस ग्रह की ओर मोड़ दो हम सब उस ग्रह की तरफ जा रहें हैं।

वाणी - ठीक है कप्तान, अब मैं यान को उस ग्रह की तरफ ले जा रही हूँ।

यान धीरे धीरे उस ग्रह के गुरुत्व क्षेत्र के संपर्क में आता है, जैसे ही वह गुरुत्व क्षेत्र के संपर्क में आता है यान को एक झटका लगता है, यान में बैठे सभी को जोरदार झटका लगता है।

वाणी - यह उस ग्रह के गुरुत्व क्षेत्र के संपर्क में आने से हुआ है।

यान उन जीवों के ग्रह पर उतरता है।

वे जीव कोई घातक वस्तु समझ कर उस यान पर बिजलियाँ गिराते हैं, जिसकी वजह से यान की दीवारों पर तेज आवाज होती है।

उन आवाजों से यान चालक जाग जाता है।

यान चालक - यह कैसी आवाजें हैं कप्तान?

कप्तान - कुछ नहीं हमारा यान एक ग्रह पर उतर रहा है, लगता है कि वे जीव हमारे यान को कोई भयानक जीव समझ कर इस पर बिजलियाँ गिरा रहे हैं।

एक वैज्ञानिक - कप्तान, क्या हमें दरवाजा खोलना चाहिए?

कप्तान - नहीं अर्क अभी नहीं, यान को पुरी तरह उतरने दो फिर खोलेंगे।

अर्क - जी कप्तान।

कप्तान - सार तुम शीघ्र अपना कवच धारण कर लो, सार्थ, तुम सुरक्षा द्वार खोल दो।

कप्तान यान चालक से कहता है।

सार अपना कवच धारण कर लेती है, और वह सुरक्षा द्वार की तरफ जाती है।

मुख्य द्वार से पहले एक और द्वार है, जो मुख्य द्वार से लगभग कुछ feet दूर है, वह सुरक्षा द्वार इस लिए बनाया गया है क्योंकि बाहर निकलने वाला जब भी बाहर निकले तो मुख्य द्वार खोलने के बाद यदि कोई घातक (वात-gas) यान में आती है तो बाहर निकलने वाला उस वात को समझ कर मुख्य द्वार बंद करने का संकेत देकर यान में वापस आ सकता है।

और अवशोषक उस वात को बाहर निकाल देगा।

कप्तान - तुम तैयार हो न सार।

सार - हाँ कप्तान, मैं पुरी तरह तैयार हूँ।

सार अपना कवच धारण कर लेती है और वह सुरक्षा द्वार की तरफ बढ़कर उसे खोल देती है, और अंदर जा कर उसे बंद कर देती है।

सुरक्षा द्वार बंद होने के बाद वह मुख्य द्वार खोलती है।

और वह जमीन पर उतर जाती है।

सामने वह देखती है कि जिस ग्रह पर वह उतरी है, उस ग्रह के जीव उसकी तरफ बढ़ रहे हैं।

सार की सारी स्थिती को दृश्यपटल पर सारे यान में बैठे देख रहे हैं।

कप्तान - सार अपना ध्यान रखना, यदि तुम्हे किसी सहायता की आवश्यक्ता हो तो बताना।

सार - नहीं कप्तान अभी तो मुझे किसी सहायता की आवश्यक्ता नहीं है, होगी तो बता दुंगी।

सार देखती है कि वे जीव अधिकतर झुंड में हैं, वह, प्रतिक्षा करती है कि कोई जीव मिले जो अकेला हो, और उसके पास जा कर नमूना ले सके।

वह कोई एक अच्छी सी जगह देखकर छिप जाती है।

वह एक बड़े से पत्थर के पास जा कर उसकी ओट में छिप जाती है।

एक जीव उसे देखता है और उस पर प्रहार करता है, सार उसे अपने उपर प्रहार करते देख कर अपनी आँखों से अगनी निकालती है, अगनी को देख कर वह जीव वहाँ से चला जाता है।

थोड़ी देर बाद सार को एक शिशु जीव मिलता है वह उसके पास जाती है, लेकिन, कुछ व्यस्क जीव उसको उस शिशु की ओर जाता देख लेते हैं, और वे सार पर एक बड़ा सा पत्थर फेंकते हैं।

सार उस बड़े से पत्थर के नीचे दब जाती है, वह उस पत्थर के नीचे से निकलने का प्रयास करती है, लेकिन निकल नहीं पाती।

यह सारा दृष्य यान में बैठे देख रहे होते हैं।

कप्तान - अर्क, जाओ और जल्दी सार को बचा कर लाओ।

अर्क - जी कप्तान।

अर्क यान से बाहर जा कर उस पत्थर की ओर जाता है, जहाँ सार दबी होती है।

एक जीव अर्क को देख कर उस पर बिजली से प्रहार करता है, क्योंकि अर्क ने कवच पहना था तो इस लिए अर्क को अधिक क्षति नहीं पहुंचती, अर्क अपनी नेत्रों से किरणें छोड़ता है, अर्क की छोड़ी किरणें वह जीव सहन नहीं कर पाता, और वहाँ से चला जाता है।

इस तरह वह मार्ग में आने वाले अन्य जीवों पर ऐसे ही किरणों से प्रहार कर के उन्हें अपने मार्ग से हटाता रहता है।

वह उस पत्थर के पास पहुंच जाता है, जहाँ सार दबी रहती है।

अर्क - सार, क्या तुम मुझे सुन सकती हो?

सार - हाँ मैं तुम्हें सुन सकती हूँ।

अर्क को इस बात की पुष्टि हो जाती है कि अभी भी सार जीवित है, और वह उसी पत्थर के पास है, जहाँ सार दबी हुई है।

अर्क अपनी नेत्रों से किरणें निकाल कर उस पत्थर के टुकड़ें कर देता है।

और सार को उस पत्थर के नीचे से निकाल लेता है।

सार - तुम्हारा बहुत धन्यवाद।

अर्क - इस में धन्यवाद कैसा हमें तो वैसे भी साथ जीवित अवस्था में अपने ग्रह पर वापस जाना था।

सार - हाँ, लेकिन तुमने मेरे प्राण बचाए हैं, तुम थोड़ी देर इन जीवों को उलझा कर रखों मैं इस बच्चे का नमूना ले लेती हूँ।

अर्क - ठीक है तुम अपना काम करो मैं इन्हें उलझाकर रखता हूँ।

सार एक बच्चे को पकड़ लेती है और उसके सर पर यंत्र रख कर उसके गुणसूत्र का नमूना लेने लगतीं है, वह जीव अधिक प्रभावी तो नहीं, लेकिन सार पर बिजलियों से

प्रहार करने लगता है, सार उसकी बिजलियों के प्रहार को सहन कर लेती है।

सार - चलों अब हमारा काम हो गया।

अर्क - कितना विकिरण है इस ग्रह पर।

सार - यह विकिरण इन जीवों के जीवन के लिए अनुकूल वातावरण है।

अक्ष बीच में ही बात रोक कर।

अक्ष - अजय, कोई आने वाला है बाकी बात मैं फिर कभी बताऊँगा।

अजय - हाँ शायद माँ आने वाली है।

प्रियंका - मैं जल्दी चली जाती हूँ, माँ भी इंतजार कर रही होगी, लेकिन इसे कैसे पता कि कोई आने वाला है?

अजय - क्या प्रियंका, तुम भी कैसे प्रश्न कर रही हो, इतना कुछ जान लेने के बाद भी तुम को नहीं पूछना चाहिए, मैं तो समझता था कि तुम सब कुछ समझती हो।

प्रियंका - समझते थे मतलब, भैया मैं अब भी समझदार हूँ, वह तो बस ऐसे ही मेरा संशय दूर करने के लिए मैं ने पूछ लिया था।

अजय - अच्छा ठीक है जल्दी चलो वरना माँ हम दोनो की समझदारी निकाल देगी।

प्रियंका अपना समान समेट कर जाने लगी, सामने से नीता आती हुई दिखी।

नीता - प्रियंका, घर जा रही हो?

प्रियंका - हां काकी, मैं घर जा रही हूँ, भैया को अपना नया आविष्कार दिखाने आई थी, दरअसल भैया को पैदल जाते देखा तो मैं ने उन्हें घर तक छोड़ दिया।

अनीता हाँ वह अजय की गाड़ी खराब हो गई है तो ठीक करने के लिए दी है।

प्रियंका - अच्छा काकी मैं चलती हूँ।

अनीता - ठीक है बेटा।

प्रियंका गाड़ी पर बैठकर चली जाती है।

विजय आता है वह अपना समान रखने लगता है मुंह हाथ धोने चला जाता है।

विजय - माँ कल मेरा football match है।

अनीता - कितने बजे का match है?

विजय - सात बजे तक निकलना है।

अनीता - जल्दी उठ जाना मैं नाश्ता लगा दूँगी, वैसे क्या तुम्हारे college का match हैं?

विजय - हाँ माँ।

अनीता - चलो अच्छा है इस बार तुम्हारी महनत को कोई परिणाम तो मिला।

विजय - लगभग 6 महिनों से हम सब कोशिश कर रहे थें आज जाकर कोई बात बनी है।

कहते कहते वह खाने की मेज पर रखी पास कुरसी पर बैठ जाता है।

अनीता थाली लेकर आती है।

अनीता - अजय, खाना नहीं खाओगे क्या?

अजय - हाँ माँ आता हूँ।

कहकर वह हाथ धोने चला जाता है।

इधर प्रियंका का phone बजता है वह call receive करती है।

प्रियंका। हाँ बोलो कमलः कुछ नहीं यार बस अपने अगले project के बारे में तैयारी कर रही हूँः सच मेंः एक काम करते हैं हम शाम को मिलते हैंः हाँ यार शाम का समय ठीक होगा वैसे अरूण को भी पता है नः फिर तो ठीक है, एक काम करो मैं तुम्हें पाँच बजे phone करती हूँ, अभी phone रखती हूँ वरना माँ कहेगी सारा दिन घुमती रहती है।

कहकर वह phone disconnect कर देती है।

अजय अपने पड़ोसी मित्रों के साथ गपशप कर रहा है।

मनीश - यार कितनी गरमी हो रही है, मुझे न सच कहूं तो सर्दियों का मौसम अच्छा लगता है।

अजय - हाँ वैसे यह बात तो सही है कि सर्दियों में हमें बहुत कपड़ें पहनने को मिलते हैं, लेकिन गर्मियों में तो हमारा तेल निकल जाता है।

अजय का phone बजता है देखता है कि नीता का call आया है, वह receive करता है।

अजय - हाँ बोलो नीता।

नीता - मैं बाहर कपड़ें खरीदने जा रही हूँ तुम आ रहे हो क्या?

अजय - मैं आकर क्या करुंगा?

नीता - तुम न सच में बुद्धू हो, कम से कम कौन से कपड़ें जँच रहे हैं यह तो बताओगे।

अजय - लेकिन।

मनीश - अरे यार वह तुझे सामने से पुछ रही है और तू गधों की तरह सवाल कर रहा है हाँ बोल।

कान में धिरे से फुसफुसाता है।

अजय - ठीक है, मैं आता हूँ।

कह कर phone रख देता है।

मनीश - तू न, सच में गया हुआ मामला है जब लड़की पूछे तो मना नहीं करना चाहिए।

अजय - हाँ गुरू जी मुझे पता है, मैं तो बस उसकी प्रतिक्रिया देख रहा था।

मनीश - ऐसे में प्रतिक्रिया नहीं, क्रिया करनी चाहिए।

अजय - जी गुरू जी, अब मैं जाऊं?

मनीश - जा नहीं दौड़।

अजय घर आता है।

अजय - माँ मैं बाहर जा रहा हूँ।

अनीता - कहाँ जा रहे हो?

अजय - वह दरअसल वह किसी को कपड़ें खरीदने हैं तो उसके साथ जा रहा हूँ।

अनीता - अच्छा तो नीता के साथ जा रहे हो?

अजय - आपको ऐसा क्यों लगा?

अनीता - अरे मैंने तो सहज ही पुछ लिया, वैसे किसके साथ जा रहे हो?

अजय - उसी के साथ।

अनीता मुस्कुराती है।

अनीता - अच्छे से तैयार होकर जाना।

अजय को garage वाले का phone आता है।

अजय - hello।

garage वाला - आपकी गाड़ी ठीक हो गई, आकर ले जाओ।

अजय - ठीक है मैं आता हूँ थोड़ी देर में।

अजय phone रख देता है, वह नीता को phone करता है।

नीता - अब यह मत कहना कि तुम नहीं आ रहे।

अजय - नहीं ऐसा नहीं कह रहा, बल्कि मुझे थोड़ा समय लगेगा।

नीता - लगभग कितना?

अजय - दरअसल मेरी गाड़ी ठीक हो गई है मैं वह लेने जा रहा हूँ।

नीता - अरे हाँ मैं तो भूल गई थी कि तुम्हारी गाड़ी तुमने ठीक करने के लिए दी है, ठीक है थोड़ा जल्दी आना।

अजय - हाँ आता हूँ।

कह कर phone disconnect कर देता है।

garage जाकर वह गाड़ी ले कर चल देता है।

अजय नीता के घर पहुंचता है।

आनंदी को देखकर अजय उसे नमस्कार करता है।

आनंदी - कैसे हो बेटा?

अजय - काकी मैं तो अच्छा हूँ, नीता कहाँ है?

आनंदी - वह तो तुम्हारा इंतजार कर रही है।

अजय - क्षमा चाहता हूँ काकी मुझे थोड़ा देर हो गई।

आनंदी - कोई बात नहीं बेटा लो नीता भी आ गई।

नीता - अरे तुम तो बहुत जल्दी आ गए।

अजय - ठीक है बाबा मुझ से भूल हो गई, क्षमा कर दो।

नीता - जाओ, तुम्हें क्षमा किया।

अजय - चलो अब, आता हूँ काकी।

आनंदी - हाँ ठीक है बेटा।

अजय नीता को गाड़ी की तरफ ले जाते हुए पूछता है।

अजय - अच्छा तुमने यह तो बताया नहीं कि तुम किस जगह से खरीदोगी?

नीता - बताती हूं पहले बाजार की तरफ तो बड़ो।

पांच minutes के बाद।

नीता - एक काम करो सदर बजार चलो वहाँ शायद कुछ ढंग के कपड़े मिल जाए।

अजय - वहाँ ढंग के नहीं, बढ़िया कपड़े मिल जाएंगे।

अजय गाड़ी को नीता के बताए बजार की तरफ मोड़ देता है, थोड़ी देर बाद दोनो कपड़े की दुकान में पहुँच जाते हैं।

अजय - तुम रुको, मैं गाड़ी park कर के आता हूँ।

नीता गाड़ी से उतर कर खड़ी हो जाती है, अजय गाड़ी लेकर park करने चला जाता है।

गाड़ी park करके अजय नीता को लेकर दुकान के अंदर चला जाता है।

अजय - वैसे यह बताओ कि, किस समारोह में जाने के लिए यह कपड़े खरीद रही हो?

नीता - अरे वो मेरी एक सहेली है, उसकी शादी है, वहीं जाने के लिए कपड़े खरीद रही हूँ, अच्छा यह बताओ तुम भी आओगे न?

अजय - सोचकर बताऊँगा।

नीता - सोचकर बताओगे, मतलब तुम क्या प्रधानमंत्री के साथ किसी meeting में जाने वाले हो?

अजय - अरे ऐसा नहीं है।

नीता - ऐसा नहीं तो फिर कैसा।

अजय को समझ नहीं आ रहा था कि वह नीता को क्या उत्तर दे, क्योंकि वह स्वयम भी नहीं जानता था कि क्या वह सच में नीता के साथ जा पाएगा?

अजय - ठीक है मैं कोशिश करुंगा, देखों मैं तुम से वादा तो नहीं कर सकता।

दुकानदार - क्या चाहिए?

नीता - वह हरे रंग का दिखाइए।

नीता एक कपड़े की तरफ इशारा करते हुए कहती है, दुकानदार hanger से कपड़ा निकाल कर नीता को देता है।

दुकानदार - यह लीजिए।

नीता कपड़ा लेकर एक कमरे में चली जाती है, कपड़ा पहनकर आती है और अजय को दिखाती है।

नीता - बताओ यह कैसा है।

अजय देखता है।

अजय - अच्छा है, लेकिन तुम्हे नहीं लगता कि शादी जैसे समारोह में यह कुछ अजीब है।

नीता - हाँ थोड़ा अजीब तो है।

नीता आईने में देखकर बताती है।

अजय एक लाल कपड़े की तरफ इशारा करता है।

अजय - वह देखो, वह कैसा रहेगा?

नीता दुकानदार से वह कपड़ा माँगती है, और उसे पहनने के लिए कमरे में चली जाती है, कपड़ा पहनकर आती है और अजय को दिखाती है।

अजय - अरे यह तो बहुत सही है, देखना सबकी नजर में तुम ही रहोगी।

नीता - मतलब तुम्हारी नजर में भी हूँ।

अजय मुस्कुराता है।

नीता भुगतान करने चली जाती है।

दुकान के बाहर शोर होने लगता है।

गोलिया चलाने की आवाज आती है।

अजय को समझ आ जाता है कि, कुछ बदमाश दुकान पर लूटमार करने आए हैं।

नीता - यह कैसा शोर है?

अजय - लगता है कि कुछ लोग पटाके फोड़कर खुशी मना रहे हैं।

नीता - लेकिन यह पटाकों की नहीं बल्कि गोली बारी की आवाज है।

अजय - अच्छा ऐसा है तो एक काम करो, तुम कमरे में चली जाओ, मैं देखकर आता हूँ कि क्या चल रहा है।

नीता - नहीं तुम भी आओ।

अरे ऐसे में हमें कोई साथ देखेगा तो क्या सोचेगा।

नीता - मुझे इसकी परवाह नहीं तुम भी साथ चलो, वरना वे तुम्हे भी नुकसान पहुँचा सकते हैं।

अजय - चलो मुझे जानकर अच्छा लगा कि तुम्हें मेरी इतनी चींता है।

नीता - मजाक मत करो, मुझे तुम्हारी सच में फिक्र है।

अजय सोच रहा था कि यदि वह नीता के पास रहा तो वह कैसे उन बदमाशों से निपटने के लिए जाएगा, क्योंकि यदि वह नीता के पास रहा तो नीता उसे जाने नहीं देगी। पता नहीं अजय को क्या सूझता है, वह नीता को लेकर उपर की ओर चला जाता है जहाँ कपड़ें रखे रहते हैं।

नीता - यहाँ हम छिप जाते हैं।

अजय - सही कहां यह तुम्हारे लिए बिल्कुल सही जगह है।

कहकर अजय नीता को कमरे में छोड़कर दरवाजा बंद कर देता है।

नीता - अजय, कहाँ जा रहे हो, रुकों।

नीता जोर से चिल्लाती है।

अजय शौचालय में चला जाता है, वहाँ जा कर वह दरवाजा बंद कर देता है, वहाँ से वह अंतर्ध्यान होकर बाहर महामानव के रुप में प्रकट हो जाता है।

एक बदमाश- कौन है रे तू?

अजय - मैं कौन हूँ? यदि पता नहीं तो इन सब से पूछों, ये सब तुम को बताएँगे, कि मैं कौन हूँ।

बदमाश क्या रे शाणें, खुद को जैसे कोई super hero समझता है क्या?

अजय - नहीं, मैं तो नहीं कह रहा कि मैं कोई super hero हूँ, यह तो तुम स्वयम कह रहे हो।

बदमाश - यह अपने आप को कुछ ज्यादा ही होशियार समझ रहा है, जरा निकालो इसकी हेकड़ी।

ऐसा कह कर उन बदमाशों का प्रमुख अपने साथियों को अजय को मारने का इशारा करता है, उसके इशारे पर कुछ अजय को मारने के लिए उसपर झपट पड़ते हैं।

अजय उनको पकड़ता है और उन्हें दूर फेंक देता है।

यह देखकर एक झुंझला जाता है, और वह भी अजय पर झपट पड़ता है, अजय उसे पकड़कर एक बड़े से truck के उपर फेंक देता है।

यह सब देखकर दुकानदार कहता है। अरे गधों इतना सब होने के बाद भी तुम्हें अक्कल नहीं आई।

बदमाश - ए चुप कर, हमें ज्ञान मत दे, देखता हूँ अब यह क्या कर पाता है।

यह कह कर वह बंदूक निकालता है और अजय पर तान देता है।

एक लड़की - इससे बड़ा मुर्ख मैंने आजतक नहीं देखा।

वह बदमाश अजय पर गोलिया चलाता है, लेकिन अजय पर गोलियों का प्रभाव नहीं होता।

इतने में police आ जाती है।

police officer - सार्वजनिक स्थान पर लूटमार मचाने और लोगों को नुकसान पहुँचाने के लिए मैं तुम्हें बंदी बनाता हूँ।

बदमाश - और मैं चुपचाप देखता रहूंगा, यहीं सोचा है न, लेकिन ऐसा कुछ नहीं होगा।

यह कह कर दोचार लोगों को वह पकड़ लेता है, और उनपर बंदूक तान लेता है।

अजय - आप इसे बंदी बना लीजिए।

ऐसा वह police से कहता है।

police officer - यदि उसने उनपर गोली चला दी तो।

अजय - ऐसा कुछ नहीं होगा, विश्वास रखिए।

police officer आगे बढ़ता है और बदमाश को हत्कड़ी पहनाने लगता है।

बदमाश बंदूक चलाने की कोशिश करता है, लेकिन बंदूक से गोली नहीं चल पाती।

बदमाश ऐसा कैसे हो सकता है, गोली क्यों नहीं चल रही।

police officer बदमाश के बाकी साथियों को भी बंदी बनाकर ले जाता है।

अजय वहाँ से अंतरध्यान हो जाता है, और शौचालय में प्रकट होकर अंदर से दरवाजा खोल देता है।

अजय - शोरगुल बंद हो गया, लगता है वे बदमाश चले गए।

एक दुकानदार से कहता है।

जिस कमरे में नीता को बंद किया था वहाँ जा कर वह दरवाजा खोल देता है।

नीता - कहाँ चले गए थे तुम, मुझे यहाँ बंद कर के।

अजय - मैं शौचालय में छिप गया था।

नीता - वे बदमाश चले तो गए न?

अजय - हाँ शायद चले ही गए होंगे, क्योंकि कोई शोरगुल तो नहीं हो रहा, क्यों भाईसाहब! चले गए न?

दुकानदार से पूछते हुए कहता है।

दुकानदार - हाँ चले गए, एक महामानव ने उन्हें अच्छा सबक सिखाया, police officer उन्हें पकड़कर ले गया।

नीता - अरे हाँ आपके पैसे देने रह गए थे, यह लीजिए।

बटुए से पैसे निकालकर देते हुए कहती है।

अजय - तुम रुको मैं गाड़ी निकाल कर आता हूँ।

नीता - ठीक है।

इधर सभी लोग अपने-अपने घरों में दुर्दर्शन देख रहे हैं, सभी लोग अलग-अलग प्रसारण सेवाओं पर अलग-अलग कार्यक्रम देख रहे हैं, अचानक, सभी प्रसारण सेवाओं की प्रसारण सेवा लगभग 30 seconds के लिए रुक जाती है।

प्रियंका, कमल और अरुण एक कमरे में एक computer पर कुछ प्रयोग कर रहे हैं।

कमल के phone पर एक call आता है, वह receive करता है।

कमल - हाँ बोलों, क्या सच में, ठीक है, साथियों हमारा प्रयोग सफल हो गया।

अमर और प्रियंका की तरफ देखते हुए कहता है।

तीनों ताली बजाने लगते हैं।

प्रियंका - चलो यह तो अच्छी बात है कि अंत में हमारी योजना काम कर ही रही है, ठीक है साथियों हम यहाँ तक तो आ गए, लेकिन अब हमें इसे और सुरक्षित बनाने की आवश्यक्ता है।

अमर - चिन्ता मत करो, वह भी हो जाएगा।

प्रियंका - अच्छी बात है, ठीक है मैं अब चलती हूँ।

अजय नीता को घर छोड़कर अपने घर आ जाता है। घर आकर अजय प्रियंका को phone करता है।

प्रियंका - हाँ बोलो भैया।

अजय - आज मैं उससे बात करने जा रहा हूँ, मैं मांसिक संदेश के माध्यम से उससे बात करुंगा, देखते हैं कि वह क्या बताता है।

प्रियंका - यदि आपको उसके साथ जाना पड़ा तो?

अजय - तो चला जाऊंगा देखे तो सही क्या समस्या है।

प्रियंका - लेकिन भैया वहाँ का वातावरण बहुत ही विकिरण मय है, आपको कवच की आवश्यक्ता होगी, मैं आपके लिए कवच ला देती हूँ।

अजय - तुम तो नीता से भी अधिक चिंता कर रही हो मेरी, चिंता मत करो मैं वापस आऊँगा।

प्रियंका - आपको वापस आना ही होगा, बहुत लोगों को आवश्यक्ता है आपकी।

अजय - ठीक है।

कहकर phone रख देता है।

विजय घर आता है, वह कुछ उदास है।

अनीता - क्या हुआ विजय उदास लग रहे हो।

विजय - हम आज का match हार गए।

अनीता - तुमने कैसा खेला था।

विजय - हम दो गोल से हार गए।

अनीता - मैंने पुछा कि तुमने कैसा खेला।

विजय - क्या फरक पड़ता है, match तो हम वैसे भी हार गए न।

अनीता - फरक पड़ता है, और बहुत फरक पड़ता है, क्योंकि तुम यह सोच कर उदास हो कि तुम्हारी team हार गई तो कम से कम तुम यह सोचकर तो खुश रह सकते हो कि तुमने कैसा खेला, इसी लिए पूछ रही हूँ कि तुमने कैसा खेला।

विजय - मैंने तो पाँच गोल किए ही थे।

अनीता - तो यह सोचो कि आज तुमने पाँच गोल किए हैं तो आगे इसे कैसे बढ़ाना है, मैं यह नहीं कहती कि सारी team की जिम्मेदारी तुम अपने सर पर ले लो, कम से कम इस बात से अपने मन को हटाने के लिए यह तो कर ही सकते हो कि तुम अब आगे अपने आप को और श्रेष्ठ बनाओ।

विजय - आप सही कह रही हैं, बेकार में उदास होने से कुछ नहीं होगा, मुझे अब अभ्यास पर ध्यान देना चाहिए।

अनीता - चलो अच्छा हुआ कि तुम मेरी बात जल्दी समझ गए।

रात को सब सो रहे होते हैं, अजय अवसर का लाभ उठाकर छत पर जाता है।

अक्ष, अक्ष। अजय आवाज देता है।

अक्ष सामने आता है, वह कुछ बोलता है, लेकिन अजय को कुछ समझ नहीं आता।

अजय मौन रहकर अक्ष से मांसिक संदेश के माध्यम से बात करता है।

अजय - अक्ष, क्या अब तुम मेरी बात समझ पा रहे हो?

अक्ष - हाँ अजय मैं तुम्हारी बात समझ सकता हूँ।

अजय - बताओ कि आगे क्या हूआ?

अक्ष - अजय मेरे पास बताने के लिए अधिक समय नहीं है, मुझे समाचार मिला है कि, परिस्थिति बहुत बिगड़ गई है तुम्हें शीघ्र मेरे साथ चलना होगा, मुझे पता चला है कि गाज, याने कि जिस जीव का हमने नमूना लिया था, उसे

जब हमने विज्ञान की शक्ती से जन्म दिया तो वह पूरे रक्ष ग्रह को विकृत कर रहा है, जिससे कि सारे रक्ष वासी का जीवन अब संकट में आ गया है, हमारे पास अधिक समय नहीं है।

अजय - ठीक है मैं तुम्हारे साथ चलता हूँ, लेकिन हम जाएंगे कैसे?

अक्ष - हमने एक सेतु बनाया है, जो शीघ्र हमें हमारे ग्रह तक पहुंचा देगा।

अजय - तो चलो ठीक है चलते हैं।

अक्ष अजय को उस इमारत की ओर ले जाता है जहाँ, कुछ बच्चे भूल से जाते हैं और बाहर किसी अनजानी शक्ती के द्वारा फेंक दिए जाते हैं।

अजय इमारत का दरवाजा खोलता है और इमारत के अंदर एक कमरा होता है, उस कमरे का दरवाजा अक्ष और अजय दोनो एक साथ खोलते हैं और दोनो एक साथ उस कमरे में प्रवेश करते हैं।

प्रवेश करते ही दोनो की एक रौशनी घेर लेती है, दोनो को अपने आस पास एक उर्जा का अनुभव होता है, लगभग

कुछ क्षणों तक वह रौशनी रहती है, उसके बाद जब वह रौशनी गायब होती है तो दोनो एक यान में होते हैं।

अक्ष - अजय, हम मेरे ग्रह पर पहुंच गए।

अजय - यह तुम यान पर क्यों ले आए?

अक्ष - बाहर निकलने से पहले तुम यह कवच पहन लो, यह कवच तुम्हें बाहरी विकृत वातावरण से बचाकर रखेगा।

अक्ष अजय को कवच देते हुए कहता है।

अजय कवच पहन लेता है।

अक्ष अजय को रक्ष ग्रह के महाराज सहस्त्रार के पास ले जाता है।

सहस्त्रार - पृथवी के मानव मैं आपका स्वागत करता हूँ, आप से भी पहले कई पृथवी वासी यहाँ आ चुके हैं, आवश्यक्ता पड़ने पर उन्होंने हमारी सहायता की है: मुझे प्रसन्नता हुई कि आप हमारे लिए यहां आने के लिए तैयार हुए।

अजय - महाराज, अच्छा लगा कि मेरा आपकी दृष्टि में इतना महत्व है: कृपया बताइए कि वह गाज कहां है, जिसने आपके ग्रह पर इतना आतंक मचा रखा है।

सहस्त्रार - अवश्य: उसे हमने बंदी बनाने का बहुत प्रयास किया, किन्तु वह इतना शक्ती शाली हो गया कि हमारे बंधन को तोड़ देता है और मुक्त हो जाता है।

अजय - तो इस समय वह कहां होगा?

सहस्त्रार - यह तो हमारे प्रयोगशाला के वैज्ञानिक ही बता सकते हैं: अक्ष, इन्हें बताओ कि वह कहाँ है।

अक्ष - जी महाराज।

अक्ष अजय को लेकर गाज को खोजने निकलता है। रास्ते में अक्ष अपने यंत्र से देखने का प्रयास करता है कि कहाँ कहाँ गाज के निशान हैं।

प्रयोगशाला जा कर वह सार से मिलता है।

अक्ष - सार, अंतिम बार जब तुमने गाज को बंदी बनाया था तो वह कहाँ गया था?

सार - कप्तान, वह बहुत वेग के साथ सारे बंधन तोड़कर मीलों दूर चला गया।

अजय - क्या तुम्हें कुछ भी अनुमान नहीं है कि वह कहाँ गया होगा।

सार - नहीं यदि होता तो मैं अवश्य बताती।

अजय - मैं थोड़ी देर में आता हूँ।

अजय एक एकांत स्थान पर जाता है और ध्यान लगाने लगता है।

अजय अब भंते चंद्र-मणि के साथ मांसिक संपर्क के माध्यम से जुड़ गया है।

भंते-चंद्रमणि - बोलो अजय, किस दुविधा में हो?

अजय - भंते मैं यहाँ एक ऐसे जीव का शोध करने आया हूँ, जो विद्युत की शक्ती से प्रहार करता है, और उस जीव ने इनके ग्रह पर आतंक मचा रखा है, और उससे भी बड़ी समस्या यह है कि अब इन्हें पता भी नहीं कि वह जीव कहाँ है।

भंते-चंद्र-मणि - अजय हम सभी एक दुसरे से जुड़े हैं, क्योंकि हमारे अंदर विद्यमान गुणसूत्र हमें एक दुसरे से बांधकर रखता है, मैं क्या कहना चाहता हूँ तुम निसंदेह समझ गए होंगे।

अजय - मैं समझ गया भंते, धन्यवाद मुझे मार्ग दिखाने के लिए।

भंते-चंद्र-मणि - यशस्वी भव।

अब अजय और भंते चंद्र-मणि का मांसिक संपर्क टूट जाता है।

अजय - सार, क्या तुम्हारे पास कोई ऐसी वस्तु है, जिसे गाज ने स्पर्श किया हो, या कोई ऐसी वस्तु, जिसका प्रयोग तुमने उसे बंदी बनाने के लिए किया हो।

सार - हां है, यह कवच है, जिसका प्रयोग हमने उसे बंदी बनाने के लिए किया था।

अजय - मुझे वह कवच दिखाओ।

सार अजय को गाज को बंदि बनाने के लिए उपयोग किया गया कवच दिखाती है।

अजय उस कवच पर हाथ रखता है और ध्यान लगाने लगता है।

अजय को दिखता है कि गाज एक पहाड़ी पर है, जोकि उससे हजारों मील दूर है।

अजय - वापस आ जाओ गाज, तुम्हें कोई किसी प्रकार की हानी नहीं पहुँचाएगा।

सार - वह कहाँ है?

अजय सबको शांत रहने का इशारा करता है।

गाज - यदि मुझे हानी नहीं पहुँचानी थी तो ये लोग मुझे बंदि बनाकर क्यों रखते, मैं तुम्हारी कोई भी बात नहीं सुनना चाहता, क्योंकि तुम भी इनकी सहायता कर रहे हो, इस लिए मैं तुम पर विश्वास नहीं कर सकता, तुम तो इनकी तरह हो भी नहीं हो सकता है कि तुम इन से भी अधिक शक्तिशाली हो।

अजय - मैं इन से शक्तिशाली हूँ या नहीं, लेकिन तुम इनकी समस्या का कारण अवश्य बन गए हो, और इसी लिए अब जब ये मुझ से सहायता मांग रहे हैं तो मैं इनकी सहायता अवश्य करुंगा।

गाज - तो ठीक है, तुम अपना काम करो, लेकिन मुझ से समर्पण की अपेक्षा मत करो।

अजय - वह तो मुझे वैसे भी नहीं थी, मैं तो यह सोच रहा था कि समस्या यदि शांति से सुलझ जाती है तो उत्तम होगा, लेकिन जब तुम ही नहीं चाहते तो जैसा तुम्हें ठीक लगे।

गाज - तो आओ मैं तुम्हारी प्रतिक्षा कर रहा हूँ।

अजय और गाज के बीच मांसिक संपर्क टूट जाता है।

अजय आँखें खोलता है।

अर्क - अब क्या करोंगे।

अजय - वह यहाँ से हजारों मील दूर है, मैं वहाँ जा रहा हूँ।

इतना कहते ही अजय अंतध्र्यान हो जाता है, और जहाँ गाज
    होता है वहाँ प्रकट हो जाता है।

अजय - तुम इनके ग्रह को विकृत बना रहे हो गाज।

गाज - नहीं मैं इनके ग्रह को अपने रहने योग्य बना रहा हूँ।

अजय - मैं तुम्हें ऐसा नहीं करने दूँगा।

गाज अजय पर आकाश से आई बिजली जितनी प्रभावशाली
    बिजली फेंकता है, जिसके कारण अजय मूर्छित हो जाता
    है और स्थान पर ही अचेत हो जाता है।

थोड़े समय के बाद सार और अर्क वहाँ आ जाते हैं।

वे देखते हैं कि अजय अचेत हो गया है।

सार - आँखें खोलो अजय, तुम्हें कुछ नहीं हुआ है।

कहते हुए वह अजय को अपनी शक्ती से ठीक करने का प्रयास करती है।

अजय स्वस्थ्य होता है और होश में आ जाता है।

अजय - वह बहुत ही शक्तिशाली हो गया है। क्या तुम लोगों ने मुझ से कुछ छिपाया है?

अक्ष - नहीं तो ऐसा तुम्हें क्यों लगता है?

गुरू मघा - अब छिपाने से कोई लाभ नहीं कप्तान अक्ष, यह एक आत्मझ्ञानी है नहीं भी बताओगे तब भी सब पता चल जाएगा, उचित यही है कि सब कुछ अपने आप ही बता दो।

गुरू मघा वहाँ प्रकट होते हैं और अक्ष को बीच में ही रोककर बोलते हैं।

अजय - क्षमा करें आप कौन हैं, और क्या पता चल जाने की बात कर रहे हैं?

गुरू मघा - मैं मघा हूँ, और मैंने ही इन्हें तुम्हारे पास भेजा था।

अजय - लेकिन मेरे ही पास क्यों?

गुरू मघा - क्योंकि जब मैं अपने प्रश्नों का उत्तर ढूंढ रहा था तो प्रकृति ने मुझे तुम्हारे विषय में बताया, गाज का आतंक जब बढ़ने लग गया था तो मैं समझ नहीं पा रहा था कि कौन इसका सामना कर सकता है, तुमने दुसरे ब्रम्हांड की यात्रा की है जब तुम दुसरे ब्रम्हांड से अपने ब्रम्हांड में वापस आ रहे थे तो दोनों ब्रम्हांड के बीच जो अंतर है उस अंतर के बीच में विद्यमान अपार उर्जा ने तुम्हारे अंदर की समस्त शक्तियों को सक्रिय कर दिया। संक्षिप्त में कहा जाए तो इस समय, तुम हमारी सहायता के लिए एक योग्य व्यक्ति हो, और क्योंकि इन्होंने एक बहुत बड़ी भूल कर दी, वह यह कि जब ये गाज को अस्तित्व में लाने का प्रयास कर रहे थें तो उस में अपना भी गुणसूत्र मिला दिया।

अजय - क्षमा चाहता हूँ मैं आप सब से यहाँ मैं आपकी सहायता करने आया था, लेकिन मैं यह नहीं जानता था कि आप लोग मुझे आत्महत्या करवाने ले कर आए हैं, वैसे भी अब मुझे वापस लौट जाना चाहिए क्योंकि मेरे ग्रह के समय के अनुसार वहाँ दिन भी निकल गया होगा

और मेरी माँ भी जाग गई होगी, मैं नहीं मिलूँगा तो वह परेशान हो जाएगी।

गुरू मघा - तुम चिंता मत करो अजय तुम्हारी भूमिका वहाँ कोई और निभा लेगा, इन्हें तुम्हारी सहायता की आवश्यक्ता है, इन्हें बीच में छोड़कर मत जाओ।

अजय - कोई और निभा लेगा मतलब।

गुरू मघा - वहीं जो ध्यान में तुम्हे अकस्मात ही मिल गया था, खैर छोड़ो इन विषयों पर बाद में बात करेंगे, अब जो करना है उस पर ध्यान दो।

अजय - मैं तो यह सोच रहा हूँ कि वह गाज अब क्या कर रहा होगा क्योंकि तुम लोगो ने उस में अपना अंश भी मिलाकर उसे और भी घातक बना दिया है, सत्य कहूँ तो तुम लोगों ने प्रकृति के नियमों के साथ बहुत ही अधिक छेड़छाड़ की है।

अर्क - कप्तान अक्ष समाचार मिला है कि गाज जैसे और भी देखने को मिले हैं, सारे रक्ष वासी आतंकित हो गए हैं।

अजय - और भी गाज? क्या तुमने और भी गाज को बनाया है?

अर्क - नहीं, हमने तो एक ही बनाया है।

अक्ष - लगता है कि गाज ने हमारे गुणसूत्र के एक से अनेक गुण को समझ लिया है, और उसी का प्रयोग कर के वह अनेक गाज बना रहा है, और रक्ष वासियों को भी अपने जैसों में बदल रहा है।

इतने में ही अनेक गाज वहाँ आ धमकते हैं और, अजय, अक्ष अर्क और सारपर प्रहार करने लगते हैं।

उत्तर में सार और अर्क दोनों उन गाज सेना पर प्रति प्रहार करने लगते हैं। अजय दोनों को रोक लेता है।

सार - तुम हमें रोक क्यों रहे हो?

अजय - जरा देखो वे सारे गाज नहीं हैं, बल्कि तुम्हारे ही रक्ष वासी हैं, गाज ने उन्हें अपने जैसा बना दिया है।

सार - तुम यह कैसे कह सकते हो?

अजय - जरा उनकी आँखें देखों वे बिल्कुल रक्ष की तरह चमक रही है गाज की आँखें कभी चमकती नहीं।

सार और अर्क चौंक जाते हैं।

अर्क - हम क्या करें??

अजय - तुम उन्हें हो सकता है तो अचेत करो या नहीं तो रोकने का प्रयास करो: बाकी मैं देख लेता हूँ।

अर्क, सार और अक्ष तिनों गाज की सेना, जो कि रक्ष वासियों को बदल कर बनाई गई थी उन्हें रोकने का प्रयास करते हैं।

यह देख कर गाज और भी क्रोधित हो जाता है।

गाज एक चट्टान उठाकर अजय पर फेकने वाला ही होता है कि सार उस चट्टान को रोक लेती है।

अर्क उस चट्टान को किरणों की शक्ती से धूल में बदल देता है।

अजय - धन्यवाद अर्क।

अजय जमीन में एक बड़ा गड्ढा करता है।

सार - यह तुम क्या कर रहे हो अजय?

अजय - बस देखती जाओ: अब मैं क्या करता हूँ।

अजय गाज को उस बड़े से गड्ढे में धक्का देता है।

जैसे ही गाज उस गड्ढे में गिर जाता है वह उपर से मिट्टी डालने लगता है।

धिरे धिरे गाज कमजोर पड़ने लगता है।

सार - अब मुझे समझ आयाः मिट्टी ने उसकी शक्ती को कम कर दियाः क्योंकि मिट्टी में बिजली निष्क्रिय हो जाती है।

अजय - तुम्हें बिल्कुल सही समझ आयाः लेकिन मैं इसे अधिक समय तक ऐसे नहीं रख सकता, मुझे इसका कोई अकाट उपाय ढूंढना होगाः अक्ष तुमने मुझे आगे की कहानी तो बताई ही नहीं कि तुम लोग वापस कैसे आए?

अक्ष - जब हमने नमूने ले लिए थे तो।

अर्क और सार यान में वापस आ रहे हैं।

यान का द्वार खुलता है, दोनों एक छोटे से कमरे में जाते हैं उस कमरे में एक और दरवाजा है, जो कि यान का मुख्य द्वार है।

अक्ष - काल को जगाओ, उससे कहो कि हमारा अभियान पूरा हुआ।

सार शयन कक्ष में जाती है और काल को शीत निंद्रा से जगाती है।

सार - काल जागो: हमें अब वापस जाना है।

काल जागता है और अपनी आँखे मुंडने लगता है।

काल - क्या हुआ: क्या हम पहूँच गए।

सार - हाँ काल हम पहूँच भी गए और हमारा अभियान भी पूरा हो गया।

काल थोड़ी देर चुप रहता है।

काल - तो ठीक है सभी तैयार हो जाओ: अब मैं यान को वापस ले चल रहा हूँ।

यान के चारो ओर एक तेज प्रकाश का घेरा बन जाता है। एक जोरदार धमाके की आवाज आती है, और धीरे-धीरे वह प्रकाश धुंधला होने लगता है। यान अब वहाँ नहीं है।

यान अब रक्ष पहूँच चुका है।

अक्ष - और हम सभी वापस आ जाते हैं।

अजय - मुझे काल से मिलना है: तब तक तुम इन सभी रक्ष वासियों को चिकित्सा गृह ले जाओ, जिन्हें गाज ने गाज में परिवर्तित कर दिया है।

अक्ष - उचित है।

गड्ढे में पड़ा हुआ गाज अब धीरे-धीरे सक्रिय होने लगता है।

अजय - जाओ जल्दी करो गाज अब सक्रिय हो रहा है: काल को लेकर आओ।

चिकित्सा गृह में रक्ष वासियों को उनके वास्तविक रूप में लाया जा रहा है।

सारे रक्ष वासी अपनी चेतना पाकर चकित हो जाते हैं।

वे अपने आप को चिकित्सा गृह में पाकर चिकित्सक से पूछते हैं।

हम यहाँ कैसे हैं।

और हम को यहाँ क्यों लाया गया है।

चिकित्सक - तुम लोगों को कुछ भी स्मरण नहीं।

रक्ष वासी - आप किस संबंध में पुछ रहे हैं।

चिकित्सक - यहाँ आने से पहले तुम्हारे साथ क्या हुआ था, क्या तुम्हें कुछ भी याद नहीं।

रक्ष वासी - हाँ थोड़ा सा याद है: एक विचित्र सा दिखने वाला जीव हम पर एक प्रकाश जैसा कुछ ढालता है और हम उसके बाद अचेत हो जाते हैं।

चिकित्सक - मतलब तुम्हें उसके बाद क्या हुआ कुछ भी याद नहीं।

रक्ष वासी - बिल्कुल भी नहीं।

चिकित्सक - कप्तान इन्हें कुछ भी स्मरण नहीं।

अक्ष - इन्हें स्वस्थ्य होते ही वापस भेज दो।

गाज अब गड्ढे से बाहर निकलने लगता है।

अरे यह सार अभी तक आई क्यों नहीं।

अजय मन में सोचता है।

सार काल के पास पहुंचती है।

सार - काल हमें आज फिर से तुम्हारी सहायता चाहिए।

काल - कैसी सहायता?

सार - क्या तुम्हें स्मरण है कि जिस जीव का नमूना हम पिछली बार लाए थें: उसे जिंदा करने के बाद उसने रक्ष पर कितना आतंक मचा रखा है।

काल - उसने नहीं: हमने ही स्वयम आतंक को आमंत्रण दिया है: लेकिन हम दोश उसे दे रहे हैं।

सार - अब इन सभी बातों का क्या लाभ: देखना यह है कि अब हमें क्या करना चाहिए।

काल - बोलो तुम्हें क्या सहायता चाहिए।

काल एक लंबी श्वास लेकर बोलता है।

सार - हम गाज को नियंत्रण नहीं कर पा रहे हैं।

काल - क्या वह मनुष्य भी नहीं, जिसे आप लोगों ने पृथवी से बुलाया था।

सार - हाँ उसने तो बहुत बार नियंत्रण किया है: लेकिन उसने भी यही कहा कि यह कोई स्थाई उपाय नहीं है: इसी लिए हमें तुम्हारी सहायता चाहिए।

काल - तो चलो ठीक है अब उसे उसके वास्तविक घर भेजना
ही होगा।

कह कर काल सार के साथ चल देता है।

इधर अजय और गाज में घमासान हो रहा है।

गाज बार बार भागने की कोशिश करता है और अजय उसे
पकड़ लेता है।

गाज अजय के शरीर में अपने नाखून चुभो देता है।

थोड़ी देर के लिए अजय मूर्छित हो जाता है, लेकिन थोड़े
समय के बाद वह स्वस्थ्य हो जाता है।

अब अजय के शरीर में गाज का गुणसूत्र आ गया है। इस बात
को अजय समझ लेता है।

अब अजय गाज की तरह ही रूप धारण कर के उससे युद्ध
करता है।

अजय - गाज अब हम दोनो बराबर के हो गए हैं, लेकिन हम
दोनों की सोच में अभी भी अंतर है।

गाज - वह अंतर क्यों है यह भी तुम भलीभाँति जानते हो।

अजय - नहीं गाजः तुम गलत होः क्योंकि अपने जनम देने वाले को अपना ही व्यर्थ शत्रु समझ लेना कोई समझदारी नहीं है।

गाज मेरा इन सभी बातों से कोई सरोकार नहीं है।

गाज अजय पर बिजली से प्रहार करता है।

उत्तर में अजय भी गाज पर प्रहार करता है।

लगभग घंटे भर दोनों के मध्य घमासान चलता रहता है।

इतने में ही सार और काल वहाँ पहुच जाते हैं।

दोनों अपने सामने का दृष्य देखकर दंग रह जाते हैं: क्योंकि वे समझ नही पातें कि यहाँ दो गाज कैसे हैं।

गाज और अजय के मध्य अभी युद्ध चल रहा है।

अजय फिर से एक गड्ढा बनाता है और गाज को उस में गिरा देता है।

सार समझ जाती है कि इन में से अजय कौन है।

सार - यह क्या है अजय।

अजय - बहुत जल्दी आ गई तुमः इसे रोकने के लिए मुझे इसके जैसा बनना पड़ा।

अजय अपने वास्तविक रूप में आ जाता है।

एक चट्टान को तोड़कर वह एक गाज के आकार के अनुसार ढांचा बनाता है, और गाज को गड्ढे से निकाल कर उस ढांचे में डाल देता है।

अजय - इससे यह थोड़ी देर तक निष्क्रिय रहेगा, लेकिन इससे पहले इसे इसके ग्रह भेजना होगा।

अब अजय गाज को उस ढांचे में बंद कर देता है।

अजय - यह लो काल भेज दो इसे इसके घर।

काल आगे बढ़ता है।

अजय - रुको मैं भी तुम्हारे साथ आऊँगा।

काल - वह क्यों।

अजय - क्योंकि यदि तुम किसी संकट में पड़ गए या यहीं तुम पर प्रहार कर बैठा तो समस्या सुलझने की बजाय और

उलझ जाएगी: और मैं नहीं चाहता कि मेरी महनत पर पानी फिर जाए।

काल - तो ठीक है, जैसा तुम्हें ठीक लगे।

सार - रुकों, पहले तुम दोनों सुरक्षा कवच धारण कर लो, ताकि तुम दोनों वहाँ के विकिरण से बच सको: अजय! इसे प्रयोगशाला ले आओ।

तीनों गाज को लेकर प्रयोगशाला आते हैं।

सार काल और अजय को सुरक्षा कवच देती है।

दोनों सुरक्षा कवच पहन लेते हैं।

काल - क्या तुम तैयार हो।

काल अजय से पूछता है।

अजय - हाँ मैं तैयार हूँ।

काल - उस ढांचे को पकड़ लेता है, जिस में गाज बंद होता है।

काल - इसे पकड़ लो।

अजय भी उसी ढांचे को पकड़ लेता है।

एक तेज प्रकाश का घेरा दोनों को उस ढांचे के साथ घेर लेता है और एक तेज जोरदार धमाका होता है, प्रकाश धीरे-धीरे धुंधला होने लगता है, लेकिन अब वहाँ कोई नहीं है।

काल और अजय उस ढांचे के साथ गाज के ग्रह पहुंच चुके हैं।

अजय - यह लो गाज अब तुम्हारा ग्रह आ गया है।

कह कर अजय ढांचे से गाज को बाहर निकालता है।

बाहर निकलते ही गाज फिर से सक्रिय हो जाता है और वह अजय पर प्रहार करने लगता है।

अजय - अरे यार अब क्यों रूठे हो अब तुम अपने घर आ गए हो।

कह कर अजय गाज को पटक देता है।

गाज उठकर फिर से अजय की तरफ बढ़ता है।

उस ग्रह पर उपस्थित बाकी गाज भी वहाँ आने लगते हैं।

वे सारे काल और अजय को घेर लेते हैं।

अजय - यह तो बहुत बड़ी बड़ी समस्या आ गई।

अजय मन में सोचता है।

अजय - क्या तुम अभी कुछ कर सकते हो काल?

काल - मैं इन्हें यहाँ से बहुत दूर भेज सकता हूँ।

अजय - तो भेजो ना।

काल आस पास के सारे गाज को वहाँ से बहुत दूर भेज देता है।

अजय - इसे क्यों छोड़ा है।

अजय गाज की तरफ इशारा करते हुए कहता है।

काल - ठीक है।

काल गाज को भी वहाँ से बहुत दूर भेज देता है।

अजय - उस चट्टान के ढांचे को अपने और काल के आकार के अनुसार बना लेता है।

अजय - आओ काल वापस चलते हैं।

काल भी उस ढांचे में घूस जाता है।

और फिर एक प्रकाश का घेरा उस ढांचे को घेर लेता है, और एक धमाका होता है।

प्रकाश धीरे-धीरे धुंधला होने लगता है, लेकिन अब वह ढांचा वहाँ नहीं है।

अजय और काल उस ढांचे के साथ रक्ष ग्रह पहुंच चुके हैं।

इधर अजय बना तेज कक्षा में बैठा हुआ है।

प्राध्यापक - अजय यह बताओ कि तत्व कितने प्रकार के होते हैं।

तेज - गुरूदेव भारतीय संस्कृति के अनुसार तो तत्व तो केवल पांच ही होते हैं, लेकिन पाश्चात्य विज्ञान में वात के विभाजन को तत्व का नाम देकर इनके तीनसौ प्रकार बताए गए हैं, यहाँ तक कि जल को भी यह योगिक कहते हैं।

प्राध्यापक - ठीक है आज के लिए इतनी जानकारी बहुत है, कल आप सभी तत्व के संबंध में एक लेख लिखकर लाना।

तेज - क्षमा चाहता हूँ गुरूदेव: मैं अब जाना चाहता हूँ।

प्राध्यापक - हाँ तो वैसे भी अब मेरी class खतम होने वाली है तुम चाहो तो विराम ले सकते हो।

तेज - नहीं गुरूदेव मैं किसी अनिवार्य काम से बाहर जाना चाहता हूँ।

नीता - कैसा जरूरी काम।

तेज - मेरा समय अब समाप्त हो गया है नीता।

नीता - समय समाप्त हो गया है? मैं समझी नहीं, कभी कभी तुम बहुत ही अलग ही व्यवहार करते हो अजय मुझे कुछ समझ ही नहीं आता।

तेज - कुछ मत समझो बस मैं अभी आता हूँ।

नीता - ठीक है, लेकिन मुझे call कर देना।

तेज - हाँ जरूर।

कह कर तेज अपनी कुरसी से उठ जाता है।

तेज - आज्ञा दो गुरूदेव।

प्राध्यापक - ठीक है जाओ।

इधर महाराज सहस्त्रार के महल में अजय को रक्ष वासियों को बचाने के लिए सम्मान दिया जा रहा है।

महाराज सहस्त्रार - आप सभी को पता है कि हम पर एक बहुत बड़ा संकट था, जिसका सामना कर के हम आज यहाँ जिंदा है, यदि पृथवी वासी अजय हमारी सहायता नहीं करते तो हमारा यह ग्रह लगभग नष्ट ही हो जाता: इस बात के लिए हम पृथवी वासी अजय का कितना भी धन्यवाद करे वह कम है: मैं महामंत्री मास से आग्रह करता हूँ कि वे पृथवी वासी अजय को महारक्षक पदक देकर उनका सम्मान करें।

महामंत्री मंच पर आते हैं और अजय को महा रक्षक पदक देकर अजय का सम्मान करते हैं।

अजय - बहुत-बहुत धन्यवाद महाराज सहस्त्रार मुझे इतना बड़ा सम्मान देने के लिए: मैं स्वयम नहीं जानता था कि मैं भी इतना बड़ा कुछ कर सकता हूँ, जीवन की घटनाएं ही हमें हमारी क्षमताओं से परिचित कराती है।

अजय मंच से उतर जाता है।

महाराज सहस्त्रार - मैं कप्तान अक्ष को निर्देश देता हूँ कि वे पृथवी वासी अजय को उनके ग्रह तक पहुंचा दे।

अजय - आज्ञा दिजिए महाराज।

महाराज सहस्त्रार - यदि आपको हमारी कभी भी आवश्यक्ता पड़े, निसंकोच हमारी सहायता ले सकते हैं।

अजय - जी महाराज।

अक्ष अजय को लेकर चला जाता है।

महामंत्री मास - आपने उसे वह पदक क्यों दिया महाराज।

महाराज सहस्त्रार - मैंने महागुरू मघा के आदेश का पालन किया है, यदि उन्होंने ऐसा करने के लिए कहा है तो निसंदेह कोई बड़ा कारण होगा, वैसे भी पृथवी वासी का हम पर बहुत बड़ा उपकार है, हम उनके लिए जो भी करे वह कम है।

अक्ष अजय को प्रयोगशाला लेकर आता है।

उस प्रयोगशाला में एक कक्ष है, जिसके अंदर अक्ष अजय को लेकर जाता है।

अक्ष - मेरे बाहर निकलने के थोड़ी देर बाद तुम अपने ग्रह पहुच जाओगे।

कह कर अक्ष कक्ष से बाहर निकल कर दरवाजा बंद कर देता है।

एक प्रकाश अजय को घेर लेता है और वहाँ धमाके की आवाज होती है, प्रकाश धीरे-धीरे धुंधला होने लगता है, लेकिन अजय वहां नहीं होता है।

जिस इमारत के कमरे से अक्ष और अजय रक्ष ग्रह पहुंचते हैं, वहाँ से अजय बाहर निकलता है।

अजय अपने आस पास देखता है तो समय लगभग दोपहर का हो चुका होता है।

वह विचार करता है कि जब मैं यहाँ नहीं था तो क्या हुआ होगा।

महागुरू मघा ने कहाँ था कि कोई मेरी भूमिका निभा रहा है, यदि ऐसा है तो वह कहाँ होगा और मुझे कहाँ होना चाहिए।

मुझे ध्यान लगाकर देखना चाहिए कि मेरे जाने के बाद क्या हुआ होगा।

अजय ध्यान लगाता है।

वह देखता है कि उसके जाने के बाद उसके कमरे में कोई आता है, जो उसे ध्यान लगाते समय एक बार अकस्मात् ही मिला था, और वह अजय का रूप धारण करता है।

और सारी दिन चर्या वैसी होती है, जैसे अजय की होती है, और अब वह महाविद्यालय से बाहर जा चुका है।

अब निश्चिंत होकर अजय अपने घर जाता है।

अनीता - अजय आज जल्दी आ गए तुम: क्या हुआ कुछ भूल गए या आज जल्दी छुट्टी हो गई?

अजय - नहीं माँ मैं दरअसल अपना phone भूल गया था: और वैसे भी मेरा एक period of है, सोचा घर आकर मेरा phone ले लू, वैसे आज खाने में क्या बना रही हो।

अनीता - तुम्हारे पिताजी आलू बैंगन बनाने के लिए कह रहे हैं, वहीं बना रही हूँ।

अजय समझ जाता है कि उसके पिताजी भी आ गए हैं इस लिए वह कुछ नहीं पूछता।

अजय - वैसे आज आपकी छुट्टी है क्या जो आप जल्दी आ गई।

अनीता - नहीं छुट्टी नहीं विद्यालय से थोड़ा समय लेकर आई हूँ, तुम्हारे पिताजी आए हैं तो उन्होंने मुझे phone कर

के बुला लिया मैंने भी सोचा कि उनके लिए कुछ बना दूँ, और वैसे भी मेरे दो तिन period खाली रहते हैं।

अजय - ठीक है माँ मैं महाविद्यालय चलता हूँ।

अनीता - ठीक है।

अजय नीता को phone करता है।

अजय - कहाँ हो।

नीता - क्या हुआ, तुम कहाँ चले गए थें।

अजय - मैं अपना phone घर भूल गया था।

नीता - ठीक है जल्दी आओ अगला period हमारा है।

अजय - हाँ आ रहा हूँ।

कहकर अजय phone disconnect कर देता है, और bike चालू कर देता है।

अजय canteen - तामलोट जाता है, वहाँ वह नीता से मिलता है।

नीता - क्या हुआ ऐसे देख रहे हो, जैसे बहुत समय के बाद मुझे मिल रहे हो।

अजय - तुम से मिलता हूँ तो हर बार ऐसा लगता है कि जैसे
    पहली बार मिला हूँ।

नीता - क्या बात है आज कुछ साहित्यिक मुड़ में लग रहे हो।

अजय क्यों क्या तुम को मेरा यह बदलाव अच्छा नहीं लगा?

नीता - नहीं ऐसी बात नहीं है, मुझे बहुत अच्छा लगा।

अजय - फिर तो ठीक है।

नीता - अच्छा कवि जी अब class चले? हमारा period होने
    वाला है।

अजय - जी देवी जी।

नीता - अब समान्य हो जाओ।

नीता अजय के कंधे पर थपकी मारते हुए कहती है।

अजय और नीता दोनों class पहुंचते हैं।

प्राध्यापक कक्षा में आते हैं।

सभी प्राध्यापक को नमस्कार करने के लिए खड़े हो जाते हैं।

प्राध्यापक सभी को बैठने के लिए कहते हैं।

सारे विद्यार्थी बैठ जाते हैं।

नवीन - sir आज क्या निकाले।

प्राध्यापक - आज हम कविता पठन करते हैं, पिछली बार जो कविता रह गई थी उसका आशय स्पष्ट करते हैं, मुझे यह बताओ कि सरीखी का क्या अर्थ होता है।

नवीन - sir इस शब्द का मतलब जैसा या जैसी होता है, जब हम दो विषयों की तुलना करते हैं तो इस शब्द का प्रयोग करते हैं।

प्राध्यापक - कोई बताएगा कि जो नवीन ने बताया है, वह सही है या गलत।

सभी नवीन के उत्तर से सहमती जताते हैं।

प्राध्यापक - मतलब सभी ने अच्छे से पढ़ाई की है।

कालांश समाप्त हो जाता है।

सभी कक्षा से बाहर निकल जाते हैं।

नीता - तुम कहो तो आज कहीं घुमने चले।

अजय- हाँ बोलों कहाँ जाना है।

नीता - कहीं भी।

अजय - ठीक है ऐसा करते हैं आज हम पास में जो तालाब है, वहाँ थोड़ी देर वहाँ जाकर थोड़ी देर बैठेंगे और फिर उसके बाद सोचेंगे कि क्या करना है।

नीता - ठीक है मैं शाम को तुम्हारा इंतजार करती हूँ।

अजय नीता को लेकर घर छोड़ने निकल पड़ता है।

अपने घर पहुँचकर अजय प्रियंका को phone करता है।

प्रियंका - हाँ बोलो भैया।

अजय - प्रियंका! मैं वापस आ गया।

प्रियंका - चलो अच्छा हुआ आप सुरक्षित आ गए, मुझे चिंता हो रही थी, मैं आपसे मिलने के लिए उत्सुक हूँ: मैं जानना चाहती हूँ कि कैसी रही आपकी यात्रा।

अजय - हाँ अवश्य: लेकिन आज मैंने नीता को कहीं बाहर ले जाने का वचन किया है।

प्रियंका - तो आप पहले दीदी से किया हुआ वचन पुरा कीजिए: मैं बाद मैं आप से सुन लुंगी, लेकिन मैं और प्रतिक्षा नहीं कर सकती।

अजय - नहीं तुमको अधिक प्रतिक्षा नहीं करनी पड़ेगी: जल्द ही मिलता हूँ तुमसे।

कह कर अजय phone रख देता है।

शाम को अजय और नीता एक restaurant में जाते हैं।

अजय - बोलो क्या खाओगी।

नीता - कुछ भी मंगा लो, वैसे भी हम खाने थोड़ी आए हैं।

अजय - हाँ।

अजय waiter को इशारा करता है वह आता है और अजय उसे दो plate समोसे लाने के लिए कहता है, order लेकर waiter जाता है।

नीता - पता है अजय कभी-कभी मुझे तुम बड़े ही विचित्र ही व्यवहार करते हुए लगते हो।

अजय - मतलब मैं समझा नहीं।

नीता - आज की ही बात ले लो: तुम कह रहे थे कि मैं बाहर किसी काम से जाना चाहता हूँ, और पता नहीं कहाँ चले गए।

अजय - अरे वह तो मैं अपना phone लेने घर चला गया था, यदि मैं प्राध्यापक से कहता कि मैं घर phone लेने जा रहा हूँ तो क्या वे मुझे जाने देते।

नीता - देखो बड़ी चालाकी से तुमने अपनी बात साबित कर दी, कभी-कभी तो ऐसा लगता है कि जो तुम दिखते हो वह तुम असल में हो नहीं, बल्कि कुछ और ही हो।

अजय - अरे बापरे लगता है कि तुम मुझ पर शक करने लगी हो।

नीता - तुम्हारा व्यवहार ही है कुछ-कुछ शक करने जैसा।

waiter order लेकर आता है।

waiter sir यह रहा आपका order।

अजय - धन्यवाद।

नीता - वैसे तुम्हें क्या लगता है कि क्या सोचते होंगे तुम्हारे माता पिता हमारे बारे में?

अजय को नीता के खाने पर आए दिन माँ की बात याद आती है।

अजय - मुझे लगता है कि उन्हें सब कुछ पता है।

नीता - और ऐसा क्यों।

अजय - जरा याद करो माँ की बात क्या कहाँ था उन्होंने।

नीता - वह तो उन्होंने हमारे career के बारे में कहा था।

अजय - फिर तुम बहुत बड़ी बुद्धू हो।

नीता - क्यों ऐसा मैंने क्या कर दिया।

अजय - क्योंकि यदि बात हमारे career की होती तो वे यह पूछती कि किस विषय में जाना चाहते हो, उन्होंने बड़ी चालाकी से अपनी बात भी कह दी और हम को संदेह भी होने नहीं दिया।

नीता - बात तो तुम सही कह रहे हो, तो आगे क्या करना है।

अजय - करना क्या है, बस स्नातक होने के बाद कोई अच्छा सा विषय लेकर उस में स्नातकोत्तर करना है और फिर काम के लिए लग जाना है।

नीता - वैसे तुमने क्या करने का सोचा है।

अजय - मुझे तो coding करना पसंद है, मैं उसी के लिए कोशिश कर रहा हूँ, और तुम क्या करना चाहोगी।

नीता - मुझे तो पत्रकारिता पसंद है स्नातक होने के बाद मैं उसी विषय में जाउंगी।

अजय मन में सोचता है यह तो अच्छा है यदि नीता दुनिया से जुड़ी रहेंगी तो मुझे बहुत सी घटनाओं के बारे में सुचना मिलती रहेंगी।

नीता - इतना सोच क्यों रहे हो, क्यों मेरा विषय पसंद नहीं आया क्या।

अजय - नहीं ऐसी बात नहीं है मुझे तो बहुत ही पसंद आया, खैर बातों-बातों में बिचारे समोसे ठंडे हो गए।

खाकर अजय उठकर जाता है और भुगतान करके आता है।

दोनों एक चाए की दुकान पर जाते हैं और अजय चाए लेने आता है। वहाँ वह देखता है कि एक दस साल का बच्चा चाए वाले के साथ काम कर रहा है, और उसके पास में एक पुस्तक रखी है, वह काम भी कर रहा है और चाए वाले का हाथ भी बंटा रहा है।

अजय से रहा नहीं जाता वह बच्चे से पूछने लगता है।

अजय - यह कौन सी पुस्तक है।

बच्चा - विज्ञान की।

अजय - अच्छा तो बताओ आजकल क्या पढ़ रहे हो।

बच्चा - मैं आजकल carbon के बारे में पढ़ रहा हूँ।

अजय - तो बताओ कि क्या जानते हो carbon के बारे में।

बच्चा - carbon Latin भाषा का एक शब्द है, जिसका अर्थ कोयला होता है।

नीता भी यह सब देख रही होती है।

नीता - भाईसाहब, आपका बच्चा बहुत ही होशियार है, उसकी विज्ञान में बहुत ही रुची है, वैसे आपका यह बच्चा क्या लगता है।

चाए वाला - जी यह मेरा बेटा है, काम में थोड़ी मदत हो जाती है इस लिए इसे साथ में रख लेता हूँ।

नीता - मुझे लगता है कि थोड़े पैसे बचाने के चक्कर में आप अपने बच्चे का भविष्य बरबाद कर रहे हैं, बात यदि बुरी

लगी हो तो क्षमा करना लेकिन इसकी जगह यहाँ नहीं बल्कि पुस्तकालय में है, बात यदि समझ में आ गई हो तो आप समझ ही गए होंगे कि मैं क्या कहना चाहती हूँ।

चाए वाला - जी दीदी मैं समझ गया, मैं कल से इसकी पढ़ाई पर ध्यान दूँगा, मैं जल्द ही किसी दुसरे सहायक को ढुंढता हूँ।

नीता - यह लो भाईसाहब आपके पैसे।

अजय और नीता दोनो वहाँ से निकल जाते हैं।

अजय - चलो मैं तुम्हें घर छोड़ देता हूँ।

अगले दिन प्रियंका और अजय दोनो प्रियंका के घर मिलते हैं।

अजय सारी बात बताता है।

प्रियंका - अरे बापरे आपको इतना बड़ा सम्मान मिला होगा आपने तो कभी college में भी इतना बड़ा सम्मान मिलने के बारे में नहीं सोचा होगा।

अजय - सही कहां मैंने तो college में भी इतना बड़ा सम्मान मिलने के बारे में नहीं सोचा था।

प्रियंका - क्या मैं आपका वह पदक देख सकती हूँ।

अजय पदक निकाल कर दिखाता है।

तभी नीता call करती है।

अजय - तुम देखो मैं जरा आता हूँ।

प्रियंका हाथ में पदक लेती है और उसे निहारने लगती है।

वह पदक देखने में बड़ा ही आकर्षक लगता है।

प्रियंका उस पदक को गले में पहन लेती है।

पदक के बीच में एक मोती जैसा कुछ बना होता है पता नहीं
प्रियंका को क्या सूझता है, वह उस मोती को अंगूठे से
दबाने लगती है।

तभी प्रियंका के चारो और एक तेज प्रकाश घिर जाता है और
एक धमाका होता है प्रकाश धीरे-धीरे धुंधला होने लगता
है, लेकिन उसके बाद प्रियंका वहाँ नहीं होती।